Autor _ O. Henry
Título _ A última folha
e outros contos

Copyright _	Hedra 2011
Tradução© _	Marcio Roberto P. da Silva
Corpo editorial _	Adriano Scatolin, Alexandre B. de Souza, Bruno Costa, Caio Gagliardi, Fábio Mantegari, Felipe C. Pedro, Iuri Pereira, Jorge Sallum, Oliver Tolle, Ricardo Musse, Ricardo Valle

Dados _

Dados Internacionais de Catalogação na Publicação (CIP)

H438 Henry, O. (1862—1910).

A última folha e outros contos. / O. Henry.
Tradução de Marcio Roberto P. da Silva.
Introdução de Bruno Gambarotto. — São
Paulo: Hedra, 2010. 136 p.

ISBN 978-85-7715-220-9

1. Literatura Americana. 2. Contos. I. Título.
II. William Sidney Porter (1862—1910).
III. Silva, Marcio Roberto P. da, Tradutor.
IV. Gambarotto, Bruno. V. A misteriosa escri-
vaninha de William Sidney Porter, ou O. Henry.

CDU 820(73)
CDD 813

Elaborado por Wanda Lucia Schmidt CRB-8-1922

**Direitos reservados em língua
portuguesa somente para o Brasil**

EDITORA HEDRA LTDA.

Endereço _	R. Fradique Coutinho, 1139 (subsolo) 05416-011 São Paulo SP Brasil
Telefone/Fax _	+55 11 3097 8304
E-mail _	editora@hedra.com.br
Site _	www.hedra.com.br
	Foi feito o depósito legal.

Autor	O. Henry
Título	A última folha
	e outros contos
Tradução	Marcio Roberto P. da
	Silva
Introdução	Bruno Gambarotto
São Paulo	2011

hedra

O. Henry (Greensboro, 1862–Nova York, 1910), pseudônimo literário de William Sidney Porter, foi um leitor ávido de ficção popular e de clássicos como as *Mil e uma noites* desde a infância, que passou sob a tutela de sua avó materna, porque sua mãe morrera quando ele tinha três anos. Aos dezessete anos tornou-se funcionário de seu tio, dono de uma drogaria, e aos dezenove obteve uma licença profissional como farmacêutico. Em 1882 muda-se para La Sale Count, no Texas, onde nos anos seguintes exerceria uma série de atividades. Nesse período passa a escrever com mais regularidade. Dois anos depois muda-se novamente, para Austin, onde tem intensa vida social, integrando grupos de teatro e música, cantando e tocando violão e bandolim. Casou-se em 1887 com Athol Estes, que sofria de tuberculose. Em 1888 tiveram um filho, que morreu meses depois; em setembro do ano seguinte tiveram uma filha. Já contribuía em revistas e jornais locais como autor de histórias enquanto trabalhava no First National Bank de Austin para manter sua família. Em 1894, foi demitido sob acusação de apropriação indébita. O processo judicial é instituído no ano seguinte e sua condenação ocorre em meados de 1896. O. Henry foge para Honduras e passa vários meses morando em Tegucigalpa. Retornou para Austin em 1897, ao saber que sua mulher estava gravemente doente, e apresentou-se à justiça. Condenado a cinco anos, foi enviado à Penitenciária de Ohio em março de 1898 e libertado por bom comportamento em julho de 1901. Mudou-se em 1902 para Nova York. Ali viveria o período áureo de sua carreira, como autor já reconhecido. Casou-se novamente em 1907. A partir do ano seguinte sua saúde se deteriora e em 1909 sua esposa o deixa. Em 5 de junho de 1910 morre de cirrose. O. Henry escreveu mais de trezentos contos e publicou treze volumes deles durante sua vida, além de sete póstumos. Foi um dos mais célebres escritores de sua época, adorado por milhões de americanos que aguardavam fielmente suas fábulas semanais e o reconheceram como seu melhor cronista.

A última folha e outros contos reúne dez contos retirados de diversos livros de O. Henry. "A última folha", "Mammon e o Cupido", "O sótão" e "O cliente da cidade dos cactos" são histórias em que a realidade se desdobra magicamente para satisfazer, generosa, os desejos humanos; "Perdido no desfile de modas", "Vinte anos depois", "Reabilitação e regeneração" e "Uma questão de altitude…" são histórias que mostram como as coisas traem os planos e as atitudes, fazendo com que as personagens troquem simetricamente de posição e estado. Em "O policial e o hino da igreja", um vagabundo deseja ser preso sem imaginar como o acaso tornará difícil tal tarefa. "Histórias de uma nota ilícita de dez dólares" é uma fábula sobre as trocas na cidade do ponto de vista impessoal de uma cédula.

Marcio Roberto P. da Silva é engenheiro pela Escola Politécnica da USP. Há décadas é tradutor de textos técnicos, comerciais e acadêmicos. Tendo morado nos Estados Unidos ainda muito jovem, descobriu os contos de O. Henry na biblioteca da escola secundária (*senior high school*) onde estudou. Esta é sua primeira incursão na tradução literária.

Bruno Gambarotto é mestre em Teoria Literária pela USP, tendo defendido a dissertação *Walt Whitman e a formação da poesia norte-americana (1855-1867)*. Organizou e traduziu para a Coleção de Bolso da Hedra a edição das *Folhas de relva*, de Walt Whitman.

SUMÁRIO

Introdução, por Bruno Gambarotto 9

A ÚLTIMA FOLHA E OUTROS CONTOS   **23**

A última folha 25

Perdido no desfile de modas 35

Vinte anos depois 45

Mammon e o Cupido 51

Reabilitação e regeneração 61

O sótão 73

O cliente da cidade dos cactos 85

Histórias de uma nota ilícita de dez dólares 95

O policial e o hino da igreja 107

Uma questão de altitude inadequada 117

INTRODUÇÃO

A MISTERIOSA ESCRIVANINHA DE WILLIAM SIDNEY PORTER, PARA TODOS OS EFEITOS O. HENRY

I

Há uma famosa charge de Dickens sentado à escrivaninha rodeado de seu mundo de personagens, todos em miniatura. Entre o traço sério que compõe o escritor e as miniaturas agitadas que lhe povoam os pés da cadeira, sobem à mesa e saltam das gavetas, fica a exaltação do homem que, segundo a mitologia moderna, fez da cidade seu escritório; é em seu semblante pensativo, indiferente ao tumulto que o cerca, que os homens e seus negócios transformam-se em paisagem, conjunto que a pena esquadrinha, fazendo com que cada personagem se erga do próprio chão urbano, trazendo em seus anseios e em sua moral o enredo que as torna indissociáveis do meio. A grande personagem da prosa do século XIX é a cidade — a cidade como enredo de destinos particulares, destinos que perfazem seu interesse no breve espaço do conto e da crônica que os iluminam como que para homenagear o espaço que lhes infunde a vida.

Os norte-americanos custaram a dar a devida atenção à cidade e seus caracteres. Em Poe, os críticos locais sempre avaliariam o *outsider*, cujos olhos pareciam por demais embebidos nas tramas do Velho Mundo; em

INTRODUÇÃO

Melville, quase nunca perceberiam o interesse pelos contrastes urbanos. A primeira cidade da literatura norteamericana teria sido a Nova York celebrada por Whitman, ainda que sua cartografia poética cuidasse de vastos planos: neles, o ambiente urbano se manifestava sem as minudências que tanto interessavam os observadores da vida na cidade e rapidamente se perdia na grandeza do continente, verdadeira medida da voz do bardo. É fato que aos norte-americanos do século XIX o ambiente inóspito da cidade sempre se contrapôs às promessas da fronteira, em que a urbanidade se constituiu entre os auspícios jeffersonianos da república agrária e o terror — entendido como manifestação psíquica — de selvagens e dos fora-da-lei. A cultura urbana propícia a tais desenvolvimentos só começaria a ganhar contornos a partir dos anos de 1900. Será quando William Sidney Porter — para todos os efeitos, O. Henry — despontará no circuito literário nacional.

Segundo notícia biográfica, Porter nasceu a 11 de setembro de 1862 (em plena Guerra Civil, portanto), filho de uma família de boa situação estabelecida em Greensboro, Carolina do Norte. Seu pai, Algernon Sidney Porter, teria sido médico de talento e distinção; sua mãe, Mary Jane Virginia Swaim, uma amante da literatura com renome e ascendência no cenário político local. Com a morte de Mary Jane, três anos após seu nascimento, Porter passou aos cuidados da tia, Evelena Porter; esta não demorou a tomar as rédeas da educação literária do menino, que teria acompanhado com bastante interesse suas reuniões para a leitura de clássicos e realização de jogos narrativos que influenciariam, segundo consta, toda a formação do jovem e alimentariam em si o desejo de ser escritor. Com o fim de sua educação formal, Porter encon-

BRUNO GAMBAROTTO

traria na farmácia de seu tio Clarke Porter um bom posto de observação dos tipos locais, os quais sua pena juvenil transfigurava nas caricaturas e charges que deram a primeira notícia de seus talentos.

A juventude, contudo, pedia voos mais altos. Cansado de seus dias encostado ao balcão, Porter não pensou duas vezes em aceitar o convite de um casal de amigos da família para acompanhá-los em uma viagem ao Texas, em 1881. Apesar das pressões de familiares — e da tristeza dos frequentadores da farmácia —, Porter se estabeleceu nas proximidades de Austin, primeiramente na casa de seus anfitriões, depois na própria capital do Estado, onde trabalhou como contador e escrevente até ser empregado como caixa no First National Bank de Austin, em 1887. Com os dividendos de alguns investimentos em terras na região, Porter comprou em 1894 os direitos de edição de uma publicação local, *The Iconoclast*, rebatizada *The Rolling Stone* (uma mera coincidência), que com tiragens semanais de 1.500 cópias serviu de primeiro veículo à arte satírica de Porter. O humor agudo do escritor, apontado sobretudo aos políticos locais, levaria a publicação a um fim prematuro, um ano depois da primeira edição. A essas alturas, Porter já era casado com sua primeira esposa, Athol Estes, garota tísica e de boa família, que incentivava os dotes artísticos do escritor — segundo consta, também bom cantor e instrumentista — e seu ingresso no meio artístico da cidade. A experiência com sua própria revista não tardaria a chamar a atenção de editores da região. Após o fechamento, ao que tudo indica, forçado da *The Rolling Stone*, o escritor seria convidado, em outubro de 1895, a assinar a coluna "Some Postscripts" no jornal *The Post*, de Houston.

Porter havia conquistado uma escrivaninha, um

INTRODUÇÃO

posto de trabalho bem-pago a ser povoado por suas criações. Mas aqui termina a carreira literária de William Sidney Porter. E tem início a de O. Henry.

II

A prosperidade teve um fim abrupto. Acossado pela mão de terríveis reveses, ele seguiu para Nova Orleans em julho de 1896. Ali, teve toda sorte de ofícios e sentiu a solidão do homem que "está na pior". E pela primeira vez se vale de seus talentos para vender histórias a revistas populares.

Estas são palavras de Archibald Henderson, de quem emprestamos a notícia literária de Porter, descontado o caráter cívico que evitamos traduzir e move quase todo o seu "O. Henry: A Memorial Essay", no qual Henderson, em nome do "New North State"[1] que "recentemente" — estamos já em 1916 — havia "enviado um grande editor e homem de letras como embaixador à corte inglesa e um erudito como embaixador acadêmico ao povo alemão", lamenta a morte do "maior contador de histórias curtas de nossas dias, familiar e carinhosamente lembrado em todo o país sob o pseudônimo de 'O. Henry'". E prossegue, do alto de seu civismo:

É a mesma Carolina do Norte dos novos tempos em matéria de cultura literária que ofereceu à América o memorável trio de poetas: John Henry Boner, cujo verso recebeu o louvor incontido dos maiores poetas; John Charles McNeill, o "Escocês", venerado no coração de milhares e agora imortalizado em bronze perene; e Henry Jerome Stockard, mestre na elevada e delicada arte do soneto. Parece-me adequado que o povo deste Novo Estado do Norte expresse em

[1] Provável oposição progressista ao "velho", celebrado no hino do Estado, "The Old North State": *"Carolina! Carolina! Heaven's blessings attend her!/While we live we will cherish, protect and defend her;/Tho' the scorner may sneer at and witlings defame her,/Still our hearts swell with gladness whenever we name her.// Hurrah! Hurrah! The Old North State forever!/Hurrah! Hurrah! The good Old North State!"*

forma duradoura o perfeito tributo ao gênio nativo que evocou o riso de uma nação e tocou o coração de um mundo.

Ironicamente, a passagem de Porter, o satirista emergente de Houston, a O. Henry, pseudônimo com que passa a assinar as histórias que o fariam posteriormente conhecido como grande escritor popular, coincide com o fim da vida pública do escritor e o início de um mistério. Henderson não era capaz de explicar a súbita opção por um pseudônimo em Nova Orleans, justamente quando a pouca fama granjeada deveria ajudá-lo a superar as dificuldades:

Procurando um *nom de guerre*, ele pegou um jornal por acaso, e o registro de um baile charmoso forneceu a ele o nome "Henry". Para a inicial, ele escolheu o "O" pois era a mais simples das letras para se escrever! Era inevitável que este provocativo e exclamativo "O" não passasse muito tempo desapercebido. Em resposta a um editor inquisitivo, Porter respondeu com toda a solenidade jocosa de um augure romano que o "O" representava "Olivier", o francês de Oliver. Daí que algumas de suas primeiras histórias aparecessem com a assinatura: Olivier Henry.

A história sem pé nem cabeça a que Henderson tenta emprestar algum humor (podemos escutar a risada solitária do orador diante de seu público) é da própria autoria de Porter, que acossado por repórteres de toda a Nova York em seus tempos de fama maior, acaba cedendo uma entrevista — a única em toda sua vida — na qual é descrito como "um velho gênio das *Mil e uma noites*", cuja "primeira e única lei de materialização, no que toca ao público, é surgir entre as capas de revista" — e, bom que se diga para efeito destas notas, sem rosto.

À resolução de Porter de não dar oportunidade à boa sociedade, da Carolina do Norte ou de onde quer que fosse, de erigir um busto em sua homenagem, Henderson

INTRODUÇÃO

reage assimilando sua biografia literária à de outro escritor de seu tempo, Mark Twain — pois é da consagração dos feitos deste que o crítico se fia para dar conta do humorista aventureiro que cruza o país e registra com sua argúcia, irmã da esperteza picaresca, os modos populares.

Nenhum lugar, com seu orgulho local ou provinciano, pode se gabar de que de seu solo ou vida o artista "O. Henry" tenha sido criado ou moldado. Em um sentido único, suas histórias são parte de tudo que viu, de todos que conheceu, de todos os lugares estranhos e familiares que visitou enquanto vagava como um nômade.

Por outro lado, ao unir a ascendência aristocrática à vida no Oeste, Henderson infunde no nome de O. Henry o *ethos* do *frontier-man*, construção cultural já consolidada no início do século xx e que ao longo do xix endossara as políticas de expansão territorial e de sobrepujança do civilizado frente ao selvagem. Que Porter, em sua entrevista, apresente-se como arremedo de pioneiro ("aos dezoito anos fui para o Texas e atravessei feito um selvagem as pradarias. Ainda selvagens, mas nem tanto"), o efeito não é outro senão o de justificar o caráter democraticamente errático e exótico de O. Henry diante da contrapartida "bem educada" de figuras como o crítico e o próprio repórter, que deixa de lado os hábitos urbanos para agir furtivo como um caçador de peles pelas ruas de Nova York para apanhar o escritor.

Fato é que, em 1896, Porter se estabelecerá em Nova Orleans e de lá, mal passados dois meses, seguirá com "um amigo com dinheiro curto" em uma estranha viagem à América Central para "aprender o segredo do desenvolvimento da banana". Porter não parece muito interessado em esclarecer ao jornalista seus negócios: não tendo visto "revoluções", porém "rodando entre cônsules e refugiados", o escritor encontrara tempo para, entre um refresco e outro, observar o que nas palavras de Henderson seria "a vida de ópera-bufa que comicamente se interpreta em algumas das repúblicas da América do Sul [sic]", coletando o material da "atmosfera particular, exótica, única, posteriormente reproduzida com muita mistura de veracidade e caricatura em seu primeiro grande sucesso, *Cabbages and Kings* (1904)", ambientado em uma fictícia Anchuria, "república bananeira" (a expressão nasce aqui) dominada por violência, corrupção, vulgaridade e oportunismo. Nesta coletânea, o leitor poderá encontrar em "Uma questão de altitude geográfica inadequada" um exemplo dessa prosa farsesca de Porter, em que ditadores sanguinários se apaixonam por divas e sempre haverá um norte-americano pragmático e de passado duvidoso em busca de aventura e dinheiro fácil.

Ainda estamos um pouco distantes das personagens que farão a verdadeira fama de O. Henry. De todo modo, a estada na América Central não será longa. Em fevereiro de 1897, Porter retornaria a Austin: sua esposa adoecera gravemente. Henderson faz questão de frisar que, até sua morte, em 27 de julho de 1897, ele quase nunca se ausentaria do leito. Mas à precisão, tão importante para a descrição de um homem de bom coração, advém o lapso: "Pouco se sabe de sua vida em Ohio nos dois ou três anos seguintes".

III

Não são poucas as imprecisões de nosso guia. Passado quase um século, é sabido que Porter não viajara a Nova Orleans em busca de oportunidades, tampouco seguira um amigo a um lugar qualquer da América Central por compaixão ou conversão à banana. Apesar de todos os esforços do crítico, fica a sensação do embuste — primeiro, por uma muito mal explicada escolha de pseudônimo, justamente no momento em que a carreira ia bem e seu nome começava a ganhar, como diria o próprio escritor sobre seu famigerado pseudônimo, "valor de mercado"; depois, por uma piedade excessiva em relação à mulher doente, muito pouco condizente com o desprendimento que o levara a uma estada de alguns meses — hoje podemos dizê-lo — em Tegucigalpa, capital hondurenha, sem considerar a saúde frágil da mulher, então mãe de sua filha. É certo que a viagem a Honduras não tinha por finalidade encontrar um hotel barato e a paisagem adequada para a escrita de *Cabbages and Kings*, que, ao que tudo indica, foi todo produzido durante a permanência de Porter na cidade. Se assim é, o que torna tão interessante o testemunho de Henderson e sua celebração do gênio americano?

Em "Vinte anos depois", Porter contará a história de dois amigos que marcam um encontro em frente ao endereço em que haviam se visto pela última vez. O conto, presente nesta coletânea, traz todos os elementos que tornaram O. Henry admirado por seus leitores: personagens típicas (aqui dois amigos, homens do povo, separados por expectativas de vida distintas, um em busca de fortuna no Oeste, outro pretendendo viver o que a cidade propiciasse a um homem sem maiores pretensões e recursos); as descrições detalhadas em que o suspense se baseia, conduzindo o conto a seu clímax; e o que a época conhecia como o *"O. Henry ending"*, marca registrada do autor, em que os elementos de composição dos cenários e personagens concorrem a uma forte reordenação ante seu desfecho. Dizia Porter que o título de sua célebre coletânea *The Four Million* surgiu-lhe em resposta à opinião de Ward McAllister, afamado colunista social de Nova York, para quem apenas quatrocentas pessoas eram dignas de interesse na cidade — número que supostamente coincidia com a capacidade do salão de festas de William Backhouse Astor Jr., membro da família Astor e um dos riçaços da cidade. Ao transformar, como bom respeitador da "sabedoria do censo", os quatro milhões de habitantes da cidade de Nova York em suas personagens possíveis, Henry igualava ricos e pobres, industriais e trabalhadores, imigrantes e nativos como protagonistas de uma narrativa que reconhecia o destino e suas reviravoltas como verdadeiro regente.

São tais caprichos que, em falta na crítica de Henderson, sobram à vida de Porter e aos contos de O. Henry, criador e criatura que não pouco lembram o destino dos amigos de "Vinte anos depois". Ali os dois amigos não faltam ao encontro que marcaram com duas décadas de antecedência; mas, quereria o destino, como rivais. Henderson se dirigia a seus concidadãos do alto de sua crônica literária para homenagear a personagem pronta, o gênio americano, democrata pio e de boa educação que percorre o país continental e seus arredores para dar corpo ao mito da fronteira e à figura do literato que coloca a alta cultura a serviço do povo; pouco lhe interessam os motivos e pormenores que seu homenageado tanto prezava. Se fosse perguntado sobre a escrivaninha onde se enredavam as vidas das personagens de O. Henry, Henderson buscaria algum lugar austero, condizente com a nobreza moral de seu criador, William Sidney Porter, filho da Carolina do Norte, figura que retornava à sua terra natal para frequentar o panteão de cônsules empertigados e poetastros locais. Dizíamos ser possível precisar algumas informações

INTRODUÇÃO

de Henderson quanto aos paradeiros de Porter — e com a escrivaninha de O. Henry não é diferente. Na falta de imagens, podemos imaginá-la em Columbia, Ohio, sem adornos e em um espaço exíguo, mas não pouco seguro e assistido. Ali, vestindo as roupas de seus iguais, Porter obedecia a horários de trabalho — ele voltaria a lidar com os fármacos de sua juventude — e exercia a literatura durante as folgas; após a morte da esposa, sua filha fora enviada à Pittsburgh, Pensilvânia, para junto de seus avós maternos, e é possível que a venda de contos a revistas ajudasse com as despesas. Talvez tivesse alguma dificuldade com sua correspondência — não tanto pela distância, mas pelo controle. Mas supomos que, nessas horas, o carcereiro Orrin Henry, funcionário da Penitenciária de Ohio, lhe aliviasse a barra. William Sidney Porter, também conhecido pelo número 30.664, era um prisioneiro exemplar.

IV

Os 39 meses de reclusão de Porter, condenado em fevereiro de 1898 a cinco anos de prisão por fraude ao First National Bank de Austin, apesar de todos os esforços de seu sogro e da alegada inocência do réu (refutada por sua fuga para Nova Orleans e Honduras) e liberto após pouco mais de três anos de pena por bom comportamento, seria o segredo que o escritor levaria consigo para o túmulo e só viria a ser revelado seis anos após sua morte por Charles Alphonso Smith, professor e pesquisador da Universidade da Virginia, autor de *O. Henry: a biography* (1916), até hoje uma das principais referências sobre a vida de Porter.

Com o nome sujo na praça, só restava a Porter publicar sob pseudônimos, dentre os quais "O. Henry" (sua referência ao funcionário da penitenciária é igualmente discutível, porém mais verossímil) teve melhor sorte. É na prisão que nascem as primeiras histórias de O. Henry: a primeira, "Whistling Dick's Christmas Stocking", apareceria em dezembro de 1899 na popular *McClure's Magazine* — espaço frequentado por autores como Mark Twain e Rudyard Kipling e bastante conhecido por suas reportagens investigativas, exibindo a "verdade nua e crua" das instituições e da sociedade norte-americana. Inicialmente, as publicações em Nova York eram intermediadas por um amigo de Nova Orleans, que mantinha em sigilo as reais condições do escritor; assim, concedida a liberdade, a ida de Porter a Nova York, em 1902 — após um curto período em Pittsburgh ao lado da filha — não só confirmava a boa recepção de seus escritos como lhe proporcionava um ótimo posto de observação da vida urbana norte-americana.

Nova York oferece a Porter seus anos de glória; em troca, ele a transformaria na grande personagem de um mundo quase fabular, em que a construção dos enredos, tão intrincada quanto a das ruas e becos da cidade, se converte em um espaço que só reconhece o tempo pela contingência de seus tipos. Aqui o leitor encontrará alguns de seus melhores momentos: na abnegação de um artista de Greenwich Village, que pinta sua obra-prima para salvar a vida de uma jovem ("A última folha"); na comédia de erros ao estilo "a princesa e o plebeu" ("Perdido no desfile de modas"); nos insólitos esforços de um milionário para que seu filho conquiste o grande amor ("Mammon e o Cupido"); nas aventuras e desventuras de um célebre arrombador de cofres que deseja entrar nos eixos ("Reabilitação e regeneração"); ou ainda nas confissões de uma nota de dez dólares, que ganha voz para falar um pouco

INTRODUÇÃO

de seus usos ("Histórias de uma nota ilícita de dez dólares"). Equilibrando-se num meio-fio entre o inverossímil e o fantástico, O. Henry conquistou críticos e admiradores igualmente apaixonados: a falta de personagens maiores que o cabide de suas fantasias e os desfechos elaborados no limite do absurdo, que faziam o desgosto dos literatos atentos a uma representação mais consequente das relações e dos costumes, transformavam-se aos olhos de seus leitores em histórias tão encantadoras quanto as das *Mil e uma noites*. Nada mais adequado àqueles tempos, à prosperidade que pairava sobre a América e estaria na linha de tiro de *O grande Gatsby*, de Fitzgerald. Diante deles, O. Henry, embora consagrado o maior escritor de histórias curtas de seu tempo, não fazia mais do que engarrafar as próprias nuvens da bonança que a grande maçã, suculenta e bela, reservava ao mundo. Logo o Reino de Nova York enfrentaria uma dura lição da realidade — mas não é hora de falarmos em bruxas.

BIBLIOGRAFIA

" 'O. Henry' on Himself, Life, and Other Things; For the First Time the Author of 'The Four Million' Tells a Bit of the 'Story of My Life.' ", *New York Times*. New York: April 4, 1909, p. SM9, <www.greensboro-nc.gov/departments/Library/ohenry/Public+Library/on+himself.htm>.

HENDERSON, Archibald. *O. Henry: A Memorial Essay*. In: <http://www.archive.org/stream/ohenrymemorialoohendrich/ohenrymemorialoohendrich_djvu.txt>.

SMITH, Charles Alphonso. *O. Henry Biography*. Honolulu: University Press of the Pacific, 2003.

NOTA SOBRE OS TEXTOS

"The Last Leaf", "Lost on Dress Parade", "After Twenty Years", "Mammon and the Archer", "The Skylight Room", "The Buyer from Cactus City" e "The Cop and the Anthem" foram extraídos de *The Four Million* (1906); "A Retrieved Reformation" foi extraído de *Roads of Destiny* (1909); "The Tale of a Tainted Tenner" foi extraído de *The Trimmed Lamp* (1907); "A Matter of Mean Elevation" foi extraído de *Whirligigs* (1910). As edições consultadas foram *Best Stories of O. Henry*, org. B. Cerf e Van H. Cartmell. Nova York: Garden City Books, 1945; *Great Stories by O. Henry*. Nova York: Avenel Books, 1974; e *The Best of O. Henry*. Nova York: Mallard Press, 1989.

A ÚLTIMA FOLHA
E OUTROS CONTOS

A ÚLTIMA FOLHA

PARTE 1

Em um pequeno e antigo distrito de Nova York, a oeste da praça Washington, denominado Greenwich Village, as ruas ao longo do tempo parecem ter enlouquecido e se partido em pequenos trechos, denominados "travessas". Essas travessas fazem estranhos ângulos e curvas. Uma rua pode dar voltas e cruzar a si mesma uma ou duas vezes. Até que, um dia, o primeiro artista descobriu uma possibilidade valiosa nesta rua e a notícia correu.

Assim, para o velho e exótico Greenwich Village, logo rumaram artistas para vasculhar, caçar imóveis com janelas de face norte e cumeeiras do século XVIII; áticos holandeses da época da colonização, anteriores à dominação dos ingleses; e aluguéis baixos. Na sequência, eles trouxeram canecos de estanho e um ou dois rescaldeiros[1] da Sexta Avenida, e se tornaram uma "colônia".

Com tantos artistas em atuação, imagine um cobrador, que ao caminhar por essa rua com uma cobrança de venda de tintas, papéis e telas, volta repentinamente ao ponto de partida, sem conseguir receber sequer um centavo!

Na cobertura de um atarracado edifício de tijolos vermelhos de três andares, Sue e Johnsy montaram seu estúdio. "Johnsy" era o apelido diminutivo de Joanna. Sue era do Maine; Johnsy da Califórnia. Elas se conheceram

---

[1]Braseiro, usado para aquecer comida ou ambientes. [N.T.]

A ÚLTIMA FOLHA

no *table d'hôte*[2] do restaurante Delmonico's na rua Oito, e descobriram que, em termos de arte, salada de chicória e mangas compridas, tinham os mesmos gostos, e daí resultou um estúdio comum para ambas.

PARTE 2

Isso aconteceu em maio. No mês de novembro, um estranho e desconhecido frio, que os médicos denominavam Pneumonia, andou pela colônia, tocando um aqui e outro ali com seus dedos gelados. No lado leste, esse destruidor andava audaciosamente a passos largos, golpeando suas vítimas às dezenas; porém, seus pés caminhavam mais lentamente através do labirinto de travessas estreitas e cobertas de limo daquele bairro. O sr. Pneumonia não era o que poderia se chamar de um gentil cavalheiro idoso.

Johnsy era um pingo de mulher tão pequena, com o sangue afinado pelos zéfiros[3] da Califórnia, que dificilmente perderia para este velho incompetente, de respiração curta e pulsos vermelhos. Mas ele a golpeou; e ela caiu de cama, praticamente imóvel, em seu leito de ferro pintado, olhando, através da pequena e antiga vidraça holandesa, para a parede de tijolos vermelhos do prédio vizinho.

Certa manhã, o ocupado médico que veio atendê-la chamou Sue para o hall de entrada, olhando-a com suas sobrancelhas grisalhas e emaranhadas.

"Ela tem uma chance em, digamos, dez," disse ele, enquanto sacudia o termômetro para que a coluna de mercúrio recuasse. "E essa chance existe apenas se ela quiser

---

[2]Expressão equivalente ao "prato do dia". [N.E.]
[3]Brisa, vento suave. [N.T.]

O. HENRY

viver. Esta mania que as pessoas têm de se alinhar ao lado do agente funerário faz a farmacopeia toda parecer uma bobagem. Sua pequena amiga decidiu, em sua mente, que não vai ficar curada. Ela tem alguma coisa que a preocupa?"

"Ela, ela sonhava um dia pintar a baía de Nápoles," disse Sue.

"Pintar?! Bolas! Ela tem alguma coisa em mente em que valha a pena pensar duas vezes — um homem, por exemplo?"

"Um homem?" respondeu Sue, com um timbre de harpa judaica em sua voz. "Vale a pena ter um homem? Não. Doutor, não tem nenhum no pedaço."

"Bem, então é a fraqueza física dela," comentou o médico. "Vou fazer tudo o que a ciência, através do meu esforço, possa conseguir. Porém, para todo paciente meu que começa a contar as carruagens para o seu cortejo fúnebre, reduzo em cinquenta por cento as chances do poder curativo dos remédios. Se você conseguir infundir nela uma curiosidade qualquer sobre os novos modelos de mangas para casacos de inverno, então eu lhe prometerei uma chance em cinco, em vez de uma em dez."

Depois que o médico se foi, Sue foi para sua sala de trabalho e encharcou um guardanapo japonês de tanto chorar. Então ela caminhou, de um jeito pretensiosamente insolente, para o quarto de Johnsy, carregando sua prancheta de desenho, assobiando um *ragtime*.[4]

Johnsy jazia inerte na cama, com o rosto virado para a janela, mal percebia-se a ondulação nas cobertas causada por sua respiração. Sue parou de assobiar, julgando que ela estava adormecida.

---

[4]Ritmo musical dos anos 1900, em estilo sincopado, dos primórdios do jazz. [N.T.]

A ÚLTIMA FOLHA

Ela montou sua prancheta e começou a esboçar, com tinta e bico de pena, uma ilustração para uma revista em quadrinhos. Artistas jovens têm que preparar seu caminho para as Artes, desenhando ilustrações para publicar em revistas que são escritas por jovens autores — estes por sua vez preparando seu caminho para a Literatura.

Enquanto Sue esboçava um par de elegantes calças para cavalgar e um monóculo na figura de um herói, um cowboy de Idaho, ouviu um som muito baixo, repetido várias vezes. Correu para o lado da cama.

Johnsy estava de olhos bem abertos. Ela olhava pela janela e contava — em contagem regressiva.

"Doze," ela disse, e um pouco depois, "onze"; e então, "dez"; e "nove"; e depois, "oito" e "sete" quase simultaneamente.

Sue olhou solicitamente pela janela. O que havia lá para contar? Apenas um pátio árido e vazio, e uma parede de tijolos vermelhos do edifício vizinho, a uns seis metros de distância. Colada nesta parede desde o solo até a metade da sua altura, havia uma velha parreira retorcida, com as raízes secas, cujas folhas o vento frio de outono já havia arrancado em sua maioria, deixando visíveis os ramos do seu esqueleto, quase vazios.

"O que é, querida?", perguntou Sue.

"Seis," disse Johnsy, quase num murmúrio. "Elas estão caindo mais rápido agora. Três dias atrás, eram quase cem. Fiquei até com dor de cabeça para conseguir contá-las. Mas agora é fácil. Lá vai outra. Sobraram apenas cinco."

"Cinco o quê, querida? Diga para a sua Sue."

"Folhas na parreira. Quando a última folha cair, eu irei embora também. Sei disso há três dias. O médico não lhe disse?"

O. HENRY

"Ah, nunca ouvi tamanha bobagem," reclamou Sue, com enorme descaso. "O que tem as folhas de uma velha parreira a ver com sua melhora clínica? E você, que adorava aquela parreira, garota travessa; não seja uma cabeça oca. Ora, o doutor me disse hoje de manhã que suas chances de rápida recuperação eram — deixe-me pensar no que ele disse exatamente — sim, ele disse que suas chances eram dez para uma! Ora, é uma chance quase tão boa quanto a que temos em Nova York quando transitamos de bonde ou quando passamos por um edifício em construção. Tente tomar um pouco de canja agora, e deixe Sudie voltar a desenhar, para que ela tenha o que vender ao editor e possa comprar um vinho do porto para sua criança doente, e costeletas de porco para esta comilona."

"Você não precisa trazer vinho algum," respondeu Johnsy, mantendo seus olhos fixos em direção à janela. "Lá vai outra. Não, eu não quero nenhuma canja. Agora são apenas quatro. Eu quero ver a última folha cair antes do anoitecer. Aí eu irei também."

"Johnsy, querida," disse Sue, curvando-se sobre ela, "promete que você vai ficar de olhos fechados, e não olhar pela janela até eu terminar meu trabalho? Terei que entregar estes desenhos prontos amanhã. Preciso de claridade; senão eu desenharia com as cortinas fechadas."

"Você não pode desenhar no outro quarto?" perguntou Johnsy, com frieza.

"Prefiro ficar aqui com você," respondeu Sue. "Ademais, eu não quero você olhando para aquelas bobas folhas de parreira."

"Avise-me assim que você tiver terminado," disse Johnsy, fechando seus olhos, estirada na cama, branca e imóvel como uma estátua caída, "porque eu quero ver a última folha cair. Estou cansada de esperar. Estou

A ÚLTIMA FOLHA

cansada de pensar. Quero me desapegar de tudo, e flutuar para longe, levada pelo vento, como alguma dessas pobres e cansadas folhas."

"Tente dormir," disse Sue. "Tenho que chamar Behrman para posar como meu velho mineiro ermitão. Não demorarei um minuto. Não tente se mexer até eu voltar."

PARTE 3

O velho Behrman era um pintor alemão que morava no andar abaixo delas. Ele já havia passado dos sessenta anos e usava barba igual à do personagem Moisés, pintado por Michelangelo; tinha a cabeça de um sátiro e o corpo de um anão. Behrman era um fracasso em arte. Havia quarenta anos que ele manejava o pincel sem chegar próximo da franja do roupão de sua companheira obra-prima, ou seja, ele sempre estava próximo de pintá-la sem, porém, nunca ter começado. Durante anos, nunca realizou nada de especial, exceto um ou outro esboço na linha comercial ou para propaganda. Ele ganhava uns trocados posando como modelo para os jovens artistas da colônia local, que não podiam pagar um modelo profissional. Era viciado em gim e, quando bebia, não parava de falar em sua iminente obra-prima. E, de resto, era um velhinho mal-humorado, que zombava terrivelmente da suavidade das outras pessoas, e que se considerava um cão de guarda mastim, protetor das duas jovens artistas moradoras do estúdio acima do seu.

Sue encontrou Behrman exalando forte cheiro de zimbro,[5] em seu minúsculo estúdio mal iluminado. A um canto, havia uma tela preta em um cavalete; fazia 25 anos

---

[5]Fruta vermelha, amarga, que produz um forte licor. [N.T.]

que havia sido colocada ali, ainda aguardando os primeiros traços de sua obra-prima. Sue descreveu a ele a fantasia neurótica de Johnsy, e como ela temia que realmente, leve e frágil tal qual uma folha, Johnsy poderia flutuar e partir para sempre quando a última folha, seu frágil vínculo com o mundo, se soltasse.

O velho Behrman, com os olhos vermelhos de lacrimejar, gritou, com seu forte sotaque alemão, seu desprezo e escárnio por tão absurda imaginação.

"O quê?!" ele exclamou. "Há gente no mundo com tolice de morrerr porrque as folhas caírram de uma parreirra seca? Nunca ouvi falarr de coisa igual! Eu não vai posarr de modelo parra seu errmitão idiota. Porrque você perrmite que essas coisas bobas entrem no cérrebrro dela? Ah, coitada da senhorrita Yohnsy."

"Ela está muito doente e enfraquecida," disse Sue, "e a febre deixou sua mente mórbida e cheia de alucinações. Muito bem, sr. Berhman, se não quiser posar para mim, não precisa. E o senhor é um velho horrendo e fofoqueiro."

"Você é como qualquerr mulherr," gritou Behrman. "Quem disse que eu não vai posarr? Vamos, eu vai com você. Há meia horra que estou tentando dizerr que estou prronto para posarr. Porr Deus, isto não é lugarr parra uma pessoa tão boa como a senhorrita Yohnsy cairr doente. Um dia, pintarrei uma obra-prrima e irremos todos emborra. Porr Deus, sim!"

Johnsy dormia quando eles subiram ao estúdio. Sue desceu a cortina até a base da janela e conduziu Berhman ao outro quarto, de onde eles olharam com muita apreensão, pela janela, para a parreira seca. Então, eles se entreolharam por um momento, sem trocar uma palavra. Uma chuva fria e persistente estava caindo, mistu-

A ÚLTIMA FOLHA

rada com neve. Behrman, usando sua velha camisa azul, voltou a posar no papel de mineiro ermitão sentado sobre uma rocha; essa, na verdade, era um caldeirão de ferro, virado com a boca para baixo.

PARTE 4

Quando Sue acordou na manhã seguinte, depois de uma hora de sono, ela encontrou Johnsy bem acordada, de olhos arregalados e duros, olhando para a cortina verde totalmente arriada.

"Levante a cortina, eu quero ver," ela ordenou, quase num sussurro.

Exausta, Sue obedeceu.

Mas, ora! Depois de uma violenta chuva e furiosas lufadas de vento que atravessaram a noite, havia ainda, colada à parede de tijolos, uma folha presa à parreira seca. Era a última. De cor ainda verde escuro junto ao seu talo, mas com suas bordas serradas tingidas pelo amarelo da dissolução e decadência, ela estava pendurada heroicamente em um galho a uns seis metros do solo.

"É a última," disse Johnsy. "Tinha certeza que cairia durante a noite. Eu ouvi o vento. Mas cairá hoje, e eu morrerei junto."

"Querida, querida," respondeu Sue, inclinando seu rosto cansado próximo ao travesseiro de Johnsy, "pense em mim, já que você não pensa em si mesma. O que eu faria?"

Porém Johnsy não respondeu. A coisa mais solitária em todo o mundo é uma alma se preparando para partir para sua distante e misteriosa jornada. A ilusão parecia se apoderar dela com cada vez mais intensidade à medida que os laços que a ligavam à amizade e à terra se afrouxavam.

O. HENRY

O dia transcorreu e, mesmo no crepúsculo do entardecer, dava para ver a folha solitária, agarrada ao galho da parreira grudada na parede. E então, com a chegada da noite, o vento norte diminuiu sua força, enquanto a chuva ainda batia nos vidros e escorria para baixo pelos beirais das antigas janelas holandesas.

FINAL

Quando já havia clareado o suficiente pela manhã, Johnsy, a mulher sem misericórdia, mandou que a cortina fosse erguida.

A folha da parreira ainda estava lá.

Johnsy permaneceu deitada olhando para a folha por um longo tempo. Então, ela chamou Sue, que estava ao fogão a gás preparando uma canja de frango.

"Eu tenho sido uma garota má," afirmou Johnsy. "Alguma coisa fez aquela folha ficar lá para me mostrar quão perversa eu tenho sido. Foi um pecado eu querer morrer. Pode me trazer um pouco de canja agora, e leite com um pouco de vinho do porto, e — não, traga-me primeiro um espelho, e então coloque algumas almofadas à minha volta, para eu poder me sentar e ver você cozinhando."

Uma hora mais tarde, ela disse:

"Sudie, um dia espero pintar a Baía de Nápoles."

O médico veio naquela tarde, e Sue arrumou uma desculpa para ir ao hall conversar com ele quando saiu do quarto.

"As chances estão meio-a-meio," disse o médico, pegando na mão fina e trêmula de Sue. "Com uma boa assistência sua, ela vai superar. E agora preciso ver outro paciente no andar de baixo. Behrman é seu nome — ele é artista plástico, creio eu. Pneumonia também. Ele é um

A ÚLTIMA FOLHA

homem velho e fraco, e aí o ataque é mais agudo. Não há esperança para ele; mas ele vai para o hospital hoje para ficar mais confortável."

No dia seguinte, o médico voltou e disse para Sue: "Ela está fora de perigo. Você ganhou. Nutrição e cuidado agora são tudo."

E naquela tarde, Sue veio para a cama onde Johnsy estava sentada — contente, cerzindo um cachecol de lã de cor azul intenso — e colocou um braço em volta de seus ombros, com almofadas e tudo o mais.

"Tenho algo para lhe dizer, rata branca," disse carinhosamente. "O senhor Berhman morreu de pneumonia hoje no hospital. Ele ficou doente apenas dois dias. O faxineiro do edifício encontrou-o ontem pela manhã, em seu quarto no estúdio embaixo do nosso, paralisado por fortes dores. Seus sapatos e suas roupas estavam encharcados de chuva e duros de frio. Ninguém podia adivinhar aonde ele havia ido naquela noite terrível. Aí então, encontraram uma lanterna, ainda acesa, uma escada que havia sido removida de seu lugar, alguns pincéis espalhados, e uma aquarela com cores verde e amarela misturadas, e — olhe pela janela, querida, para a última folha da parreira na parede. Você não se perguntou por que aquela folha nunca se agitou ou se mexeu enquanto o vento soprava? Ah, querida, é a obra-prima de Berhman; ele a pintou na noite em que a última folha da parreira caiu."

PERDIDO NO DESFILE DE MODAS

PARTE 1

O jovem Towers Chandler estava, no hall de seu quarto alugado, passando a ferro o seu terno de gala. Havia dois ferros a vapor — um estava aquecendo em um fogareiro a gás; o outro estava sendo empurrado vigorosamente por ele, num intenso vai e vem, para formar o impecável vinco na calça, que seria visto mais tarde ao se estender em linhas retas desde os sapatos de couro patente até a borda do seu paletó de corte baixo.

Nossa próxima vista dele ocorrerá à medida que ele descer os degraus de sua casa, imaculada e corretamente trajado; calmo, seguro de si, bonito — na aparência, o típico jovem rico nova-iorquino indo ao clube, ligeiramente entediado, para estrear os prazeres da noite.

Os honorários de Chandler somavam dezoito dólares por semana. Ele era empregado de um escritório de arquitetura. Tinha 22 anos; considerava a arquitetura uma verdadeira arte; e honestamente acreditava — embora ele não ousasse admiti-lo em Nova York — que o edifício Flatiron[1] era inferior em design à grande Catedral de Milão.

De cada pagamento semanal de dezoito dólares, Chandler separava um dólar. Com o capital assim acumulado, ele, ao final de cada dez semanas, dava-se o

---

[1] Edifício famoso por seu formato triangular, lembrando uma tábua de passar roupas, foi o primeiro arranha-céu construído em 1902 em Nova York. [N.T.]

PERDIDO NO DESFILE DE MODAS

direito de adquirir uma noite de cavalheiro de gala. Ele se envolvia nas regalias dos milionários e presidentes; ele se deixava levar ao local onde a vida é mais brilhante e esplendorosa, e lá jantava com bom gosto e luxo. Com dez dólares um homem pode, por algumas horas, bancar à perfeição o rico ocioso. A soma é suficiente para uma refeição bem considerada, uma garrafa de vinho com rótulo respeitável, gorjeta comensurável, um bom fumo, a corrida de táxi e até os demais etecéteras.

Essa prazerosa noite — selecionada dentre outras setenta maçantes noites — era para Chandler uma fonte de perfeita alegria rejuvenescedora.

Chandler pensava: uma jovem debuta uma só vez para a sociedade; e a distante lembrança, quando o cabelo da debutante já embranqueceu, permanece doce apenas na memória dela. Mas, para ele, cada dez semanas traziam uma alegria tão aguda, tão excitante, tão nova quanto a primeira vez havia sido. Sentar-se entre "bons *vivants*", no balanço da música de fundo, olhar para os *habitués* de tal paraíso e ser olhado por eles — comparado com isso, o que é a primeira dança de uma garota debutante com blusa de tule de mangas curtas?

PARTE 2

Chandler saiu e, ao subir para a Broadway, movimentava-se em harmonia com o desfile vespertino de modas. Nessa noite especial, seria observador e observado. Ele estava ansioso por fazê-lo, pois era um verdadeiro filho do agito da metrópole, e para ele uma noite no esplendor compensava muitas noites sem brilho. Pois, durante as próximas 69 noites, ele jantaria vestido em simples trajes de lã de carneiro penteada, provando duvidosos cardá-

O. HENRY

pios em balcões de refeições rápidas; ou então passando a sanduíches e cerveja no hall de seu dormitório.

Chandler andava sem pressa, pois a noite ainda era uma criança, até onde as ruas denominadas com números da dezena quarenta começam a atravessar a grandiosa e fulgurante Broadway; e quando alguém está de bom astral apenas um dia a cada setenta, adora retardar o prazer. Olhares brilhantes, sinistros, curiosos, admiradores, provocativos, fascinantes eram dirigidos a ele, uma vez que sua irrepreensível apresentação e olhar declaravamno um devoto da hora de pôr-do-sol e do prazer.

Em uma esquina ele parou, questionando a si mesmo a possibilidade de retornar para o vistoso restaurante da moda, por onde havia acabado de passar, no qual ele geralmente jantava nas suas noites de luxo especial. Eis que então uma garota, ao virar a esquina correndo suavemente, escorregou numa placa de gelo endurecido e caiu bruscamente na calçada.

Chandler ajudou-a a se erguer com cortesia imediata e solícita. A garota andou com dificuldade até a parede, inclinou-se contra ela e agradeceu-lhe discretamente.

"Acho que meu tornozelo está machucado", ela disse. "Torceu quando eu caí."

"Dói muito?", perguntou Chandler.

"Somente quando eu coloco meu peso sobre ele. Acho que conseguirei andar dentro de um ou dois minutos."

"Se eu puder ser de alguma utilidade", sugeriu o jovem, "chamarei um táxi, ou…"

"Obrigada", disse a garota — suave mas firmemente. "Eu tenho certeza de que você não mais precisa se preocupar comigo. Foi tão terrível para mim. E os saltos dos meus sapatos são horrivelmente comuns; nem posso culpá-los".

PERDIDO NO DESFILE DE MODAS

Chandler olhou a garota e descobriu que seu interesse por ela despertava rapidamente. Ela tinha uma beleza refinada; e seus olhos eram alegres e gentis. Estava com um vestido simples barato, de tecido preto que mais parecia um uniforme de vendedora de loja. Seu cabelo castanho escuro liso apresentava tranças sob um chapéu barato de palha negra, cujo único ornamento era uma fita e um laço de veludo. Ela poderia posar como modelo do melhor tipo para a garota trabalhadora de autorrespeito.

Uma ideia repentina veio à mente do jovem arquiteto. Iria convidar a garota para jantar com ele. Aqui estava o elemento que faltava em suas esplêndidas, porém solitárias, festas periódicas. Sua breve temporada de luxo e elegância seria duplamente apreciável se ele pudesse incluir a presença de uma dama da sociedade. A garota era uma dama, ele tinha certeza — suas maneiras e sua oratória asseguravam isso. E apesar de seu traje extremamente simples, ele sentiu que seria muito agradável sentar-se à mesa com ela.

Esses pensamentos fluíam por sua mente e assim decidiu perguntar a ela. Era uma quebra de etiqueta, é claro, mas com frequência as garotas trabalhadoras dispensavam estas formalidades. Elas geralmente faziam bons julgamentos dos homens e davam mais importância a isso do que a convenções inúteis.

Os seus dez dólares, se gastos com discrição, permitiriam aos dois jantar muito bem de fato. O jantar seria, sem dúvida, uma maravilhosa experiência para quebrar a dura rotina da vida da garota; e sua vívida apreciação faria muito bem ao ego de Chandler, ao seu triunfo e prazer.

"Eu creio," disse a ela, com ar de franca gravidade, "que seu pé precisará de mais tempo de repouso do que você está supondo. Assim, eu vou dar uma sugestão de

O. HENRY

como fazer isso, e ao mesmo tempo, de você me fazer um favor. Eu estava indo jantar totalmente só quando você apareceu repentinamente na minha vida. Venha comigo e teremos, juntos, uma adorável refeição com uma agradável conversa. Quando acabarmos, seu pé já estará pronto para levá-la de volta à sua casa, tenho certeza".

A garota olhou rapidamente a expressão limpa e agradável de Chandler. Seus olhos piscaram com brilho, e ela sorriu ingenuamente. "Mas nós não nos conhecemos — não seria correto, você não acha?", ela respondeu, com ares de dúvida.

"Não há nada de errado nisso", respondeu o jovem, candidamente. "Vou me apresentar — permita-me — sr. Towers Chandler. Após nosso jantar, que tentarei tornar o mais prazeroso possível, vou lhe desejar boa noite de despedida, ou levá-la até a porta de sua casa — o que você preferir."

"Mas, nossa!", disse a garota, observando o traje impecável de Chandler. "Eu nesse vestido surrado e chapéu velho!"

"Não se preocupe com isso", disse Chandler, carinhosamente. "Estou certo de que você parece mais charmosa nesse vestido do que qualquer dama no restaurante vestindo o mais elaborado traje social."

"Minha anca ainda dói", admitiu a garota, tentando dar um passo. "Acho que vou aceitar seu convite, sr. Chandler. Você pode me chamar de srta. Marian."

"Venha, então, srta. Marian", disse o jovem arquiteto — alegremente, mas com perfeita cortesia; "Você não terá que andar muito. Há um ótimo e respeitável restaurante no próximo quarteirão. Você terá que se apoiar no meu braço e andar devagar. É solitário jantar sem companhia.

PERDIDO NO DESFILE DE MODAS

Estou até um pouco feliz que você tenha escorregado no gelo."

Quando os dois já estavam instalados a uma mesa bem colocada, com um garçom à volta, Chandler começou a experimentar a verdadeira alegria que a regularidade dessas noites especiais sempre lhe trazia.

O restaurante não era tão ostensivo ou pretensioso quanto um outro que havia mais abaixo na Broadway, que ele sempre preferia, mas era quase tão bom. As mesas estavam ocupadas por clientes com aparência próspera, havia uma boa orquestra tocando suavemente para preservar o prazer da conversação, a cozinha e o serviço estavam acima de qualquer crítica.

Sua companheira, mesmo em suas roupas baratas, mantinha uma postura que acrescentava distinção à beleza natural de seu rosto e figura. E com certeza ela olhava Chandler, observando sua postura animada mas comportada, assim como seus olhos azuis excitados e dotados de franqueza, que também guardavam certa admiração pela charmosa face da garota.

Então, desceu em Chandler um misto da loucura de Manhattan, do espírito do general Winfield Scott[2] e sua disciplina militar, do bacilo da pose. Ele estava na Broadway, cercado de pompa e estilo, e havia olhares para ele. No palco daquela comédia, ele assumiu representar o papel de uma borboleta da moda e de *bon vivant* requintado. Ele estava vestido para a ocasião e nenhum de seus anjos bons tinha poder de impedi-lo de agir como tal.

Daí começou a se gabar para Marian dos clubes, chás, festas, bailes, golfe, cavalgadas, cães de caça, viagens ao exterior, além de insinuações sobre um iate ancorado em

[2]General Winfield Scott (1786—1866) foi o general com o mais longo período ativo na história dos Estados Unidos. [N.T.]

O. HENRY

Larchmont. Percebendo que ela estava vivamente impressionada com sua conversa vaga, reforçou a pose com indicações de grande fortuna pessoal, além de citar familiaridade com alguns nomes de famosos idolatrados pelo proletariado. Era a única chance de Chandler de ter um pequeno dia de glória e ele a estava aproveitando até o último minuto. Mais ainda quando ele notava o brilho do olhar de Marian atravessando a barreira de neblina que ele havia criado entre os dois.

"Esse estilo de vida que você está descrevendo," disse ela, "me parece tão fútil e sem objetivo. Você não tem nenhum trabalho neste mundo que possa interessá-lo?"

"Não, minha querida srta. Marian", ele contestou. "Trabalho? — pense em vestir-se diariamente para o jantar, fazer meia dúzia de telefonemas à tarde, sair e encontrar um policial em cada esquina querendo multar e levar você para a delegacia se passar um pouquinho do limite de velocidade estabelecido. Nós, os ociosos, somos os maiores trabalhadores do mundo."

O jantar foi concluído, o garçom generosamente remunerado, e os dois caminharam para a esquina do encontro casual. A srta. Marian andava bem agora; mal se percebia seu manquejar.

"Obrigada por este agradável encontro", ela disse com franqueza. "Preciso correr para casa. Gostei muito do jantar, sr. Chandler."

Ele apertou a mão dela, sorrindo cordialmente, e citou vagamente um jogo de bridge em seu clube. Ele a observou por um momento, andando rapidamente em direção ao leste, e aí entrou em um táxi para levá-lo calmamente para casa.

FINAL

Em seu quarto gelado, Chandler colocou sua roupa de gala para descansar durante os próximos 69 dias, e ficou refletindo sobre tudo o que havia acontecido há pouco.

"Era uma garota formidável", disse a si mesmo. "Juro que ela seria ótima também, mesmo que tivesse que trabalhar para ganhar a vida. Talvez se eu tivesse dito toda a verdade em vez daquela pantomina, nós poderíamos...; mas, ora! Não, eu tinha que agir de acordo com a minha aparência."

Assim falou o valente guerreiro, nascido e crescido nas tendas da tribo dos Manhattans.

E a garota, após deixar seu anfitrião, acelerou seu passo através da cidade, até chegar a uma imponente e austera mansão duas quadras a leste, de frente para a avenida de passagem do deus da riqueza e avareza, assim como de seus deuses auxiliares.

Entrou em casa correndo e adentrou uma das salas, onde havia uma bela jovem trajando uma requintada roupa de uso doméstico, olhando ansiosamente pela janela.

"Oh, sua cabeça oca!", exclamou a garota mais velha quando a outra entrou. "Quando você vai parar de nos assustar desta maneira? Faz duas horas que você saiu usando aquele trapo de vestido e o chapéu da Maria. Mamãe está alarmada. Ela enviou o Luís com o carro para lhe procurar por aí. Você é perversa, garota namoradeira e desmiolada."

A garota mais velha tocou uma campainha e logo apareceu uma empregada. "Maria, diga à mamãe que a srta. Marian acabou de chegar."

"Não me repreenda, irmã. Eu fui apenas até o ateliê da Madame Theo para pedir-lhe que usasse entremeio malva em vez de rosa. Usei a minha roupa velha, e o chapéu da Maria era tudo que eu precisava. Todos pensaram que eu era uma vendedora, com certeza."

"O jantar acabou. Você chegou muito tarde."

"Eu sei. Eu escorreguei na calçada e torci o tornozelo. Como eu não conseguia andar, entrei em um restaurante e fiquei lá até me sentir melhor. Foi por isso que demorei."

As duas garotas se sentaram nas cadeiras da varanda, olhando as luzes e o intenso fluxo de veículos apressados na avenida. A mais nova aconchegou a cabeça no colo da mais velha.

"Nós teremos que nos casar um dia", ela disse sonhadora. "Nós duas. Temos tanto dinheiro que não poderemos desapontar o público. Você quer que eu diga o tipo de homem que eu amaria, irmãzinha?"

"Continue, cabeça de vento", sorriu a outra.

"Eu poderia amar um homem com olhos azuis escuros e atenciosos, que seja gentil e respeitoso com garotas pobres, que seja bonito e não tente flertar. Mas eu poderia amá-lo apenas se ele tivesse uma ambição, um objetivo, um trabalho para fazer no mundo. Eu não me importaria se ele fosse pobre e eu pudesse ajudá-lo a ascender profissionalmente. Mas, minha querida irmã, o tipo de homem que sempre encontramos — aquele que leva uma vida ociosa se dividindo entre a alta sociedade e seus clubes —, eu não poderia amar. Um homem assim, nem se tivesse olhos azuis e fosse gentil com as garotas pobres que encontrasse na rua."

VINTE ANOS DEPOIS

PARTE 1

O policial de plantão andava de forma imponente pela calçada da avenida. Mas a sua imponência era normal e não proposital — até porque àquela hora havia poucos pedestres. Eram 22 horas. O vento gelado e úmido havia esvaziado as ruas.

À medida que caminhava pela calçada, girava seu cassetete com movimentos intricados e artísticos; inspecionava as portas, examinando suas trancas; e de vez em quando se virava para verificar, com olhos aguçados, a rua tranquila. Com seu físico robusto e levemente arrogante, o policial fazia uma fina imagem de guardião da paz.

A vizinhança se recolhia cedo. Apenas aqui e ali se viam as luzes de alguma tabacaria ou lanchonete noturna de balcão; no entanto, a maioria das portas pertencia a casas de comércio que já estavam fechadas há horas.

Ao caminhar no meio de um quarteirão, o policial repentinamente reduziu seu passo. Na escada de uma loja de ferragens, havia um homem encostado, com um charuto apagado no canto da boca. Quando o policial foi em sua direção, o homem pôs-se a falar sem parar:

"Está tudo certo, sr. Oficial", ele disse de forma convincente. "Estou apenas esperando um amigo. Trata-se de um encontro marcado há vinte anos atrás. Parece um pouco engraçado, não é? Bem, eu lhe explicarei se o senhor concordar que tudo está correto. Naquela época, ha-

VINTE ANOS DEPOIS

via aqui um restaurante, o Big Joe' Brady, onde hoje existe esta loja."

"Até cinco anos atrás", confirmou o policial. "Foi demolido."

O homem na escada riscou um fósforo e acendeu o charuto. A luminosidade do fósforo mostrou um rosto quadrado, pálido, com olhos vivos, e uma pequena cicatriz branca, próxima à sobrancelha direita. Usava um cachecol preso por um pino com um grande diamante na ponta.

"Nesta noite, vinte anos atrás," disse o homem, "eu jantei aqui no Big Joe' Brady com Jimmy Wells, meu melhor amigo, e o cara mais legal do mundo. Nós crescemos aqui em Nova York como dois irmãos, juntos. Eu estava com dezoito anos e Jimmy com vinte. Eu estava de partida para o oeste na manhã seguinte, para fazer fortuna. Mas não consegui convencer Jimmy a ir comigo, ele não sairia de Nova York por nada deste mundo. Então, fizemos um acordo de nos encontrarmos aqui nesse lugar, exatamente vinte anos depois, no mesmo dia e hora, não importando as condições de cada um e a que distância estivéssemos. Nós calculamos que, em vinte anos, teríamos nossos destinos traçados e nossa vida definida, fosse qual fosse o resultado."

"Parece bastante interessante", comentou o policial. "Entretanto, acho muito tempo entre dois encontros. Você teve notícias do seu amigo desde sua partida?"

"Bem, sim, por um tempo nós nos correspondemos", disse ele. "Entretanto, depois de um ano ou dois, perdemos contato. O senhor sabe, o oeste é muito extenso, e eu tive que me movimentar muito para ganhar dinheiro."

"Mas eu sei que, se Jimmy estiver vivo, vai vir me encontrar aqui, pois ele sempre foi o mais leal amigo do

O. HENRY

mundo. Ele jamais se esqueceria. Eu viajei 1.600 quilômetros para estar aqui essa noite, e terá valido a pena se o meu velho chapa vier."

O homem puxou um belo relógio de bolso, com a tampa cravejada de pequenos diamantes.

"Três minutos para as dez," anunciou ele. "Foi exatamente às dez horas que nós nos separamos aqui na porta do restaurante."

"Você se deu bem no oeste, não?", perguntou o policial.

"Adivinhou! Espero que Jimmy tenha acertado ao menos a metade do que eu obtive. Entretanto, ele era um tanto lento, apesar de bom sujeito. Eu tive que competir com algumas das mais afiadas e safadas inteligências do oeste para conseguir fazer meu pé de meia. Em Nova York, não se pode fazer muito; mas no oeste os desafios são outros."

O policial girou seu cassetete e deu alguns passos para trás.

"Vou prosseguir no meu caminho. Espero que seu amigo apareça e esteja tudo certo. Vai esperar mais um pouco?"

"Eu diria que sim", disse o outro. "Vou dar pelo menos meia hora. Se Jimmy estiver vivo, ele estará aqui neste ínterim. Até logo, Oficial."

"Boa noite, senhor", disse o policial, retomando seu ritmo, examinando as portas por onde passava.

Caía agora uma fina garoa fria, e o vento soprava sem parar. Os poucos pedestres naquele trecho andavam com rapidez e silenciosamente, usando seus casacos de frio com as golas viradas para cima e as mãos nos bolsos. E, na porta da loja de ferragens, aquele homem que havia viajado 1.600 quilômetros para um compromisso — incerto e quase absurdo, com seu amigo de infância — fumava seu charuto e esperava.

FINAL

Mais ou menos vinte minutos depois, apareceu no outro lado da rua um homem alto, de sobretudo, com cachecol enrolado até as orelhas, que atravessou rapidamente em sua direção.

"É você, Bob?", ele perguntou com dúvida.

"É você, Jimmy Wells?", gritou o homem na porta.

"Deus me abençoe!", exclamou o recém-chegado, agarrando as mãos do outro com as suas. "É Bob, certo como o destino. Tinha certeza de que encontraria você aqui se estivesse vivo. Bom! Bom! Bom! — Vinte anos é muito tempo. O velho Big Joe' Brady se foi, Bob; gostaria que ainda estivesse aqui, para podermos jantar novamente. Como o oeste tratou você, meu velho?"

"Excelente! Deu-me tudo o que eu queria. Você mudou muito, Jimmy. Nunca pensei que você pudesse ficar tão alto."

"Oh! Eu ainda cresci alguns centímetros depois dos vinte anos."

"Está se saindo bem em Nova York, Jimmy?"

"Moderadamente. Tenho uma boa posição em um dos departamentos da Prefeitura. Venha comigo, Bob; vamos jantar em um lugar que conheço e poderemos ter uma longa conversa sobre os velhos tempos."

Os dois homens saíram pela rua, de braços dados. O homem do oeste, com seu ego inflado pelo sucesso, começou a delinear a história de sua carreira. O outro, submerso em seu casaco de frio, ouvia com interesse.

Em uma esquina, havia uma drogaria fortemente iluminada. Quando adentraram, ainda de braços dados, ambos se viraram para ver os rostos um do outro.

O homem do oeste parou de repente e soltou o braço. "Você não é Jimmy Wells", ele disparou. "Vinte anos é muito tempo, mas não o suficiente para transformar um nariz de formato romano em arredondado."

"Não, mas algumas vezes é suficiente para mudar o caráter de um homem", disse o cara alto. "Você está preso há dez minutos, Bob 'sedoso'. A polícia de Chicago achou que você poderia estar por aqui e telegrafou avisando que quer ter uma conversa com você. Vai ficar bem quieto, certo?! Assim está ótimo. Agora, antes de irmos para a delegacia, tenho aqui um papel que me pediram para entregar a você. Pode ler aqui na janela. É do policial Wells."

O homem do oeste desdobrou a pequena folha de papel. Sua mão estava firme quando começou a ler, mas tremia um pouco quando acabou. A nota era bem curta.

"Bob, eu estava no local na hora marcada. Mas quando você riscou o fósforo para acender o charuto, vi o rosto do homem procurado pela polícia de Chicago. De alguma forma, eu mesmo não poderia fazer o trabalho; então, saí e encontrei um policial de roupas à paisana para fazer por mim. Jimmy."

MAMMON[*] E O CUPIDO

PARTE 1

O velho Anthony Rockwall, industrial aposentado e ex-proprietário da Indústria Rockwall, fabricante do sabonete Eureka, olhou pela janela da biblioteca de sua mansão na Quinta Avenida e sorriu. Seu vizinho à direita, o aristocrático e sócio de clubes exclusivos, sr. G. Van Schuylight Suffolk-Jones, desceu para entrar no automóvel que o esperava, franzindo o nariz de forma costumeiramente insolente para a escultura italiana renascentista, colocada na elevação frontal da mansão do sabonete.

"Estatueta velha e presunçosa, que não serve para nada!", comentou o ex-rei do sabonete, com referência ao vizinho. "O Museu do Éden ainda vai acolher este velho e congelado Nesselrode[1] se ele não prestar atenção. Vou pintar esta casa de vermelho, branco e azul no próximo verão para ver se esse nariz holandês vai ficar mais empinado ainda."

E então Anthony Rockwall, que nunca se dava ao trabalho de tocar campainhas, foi à porta de sua biblioteca e gritou "Mike!", com a mesma altura de voz que uma vez havia arrancado pedaços do firmamento sobre as planícies do estado de Kansas.

"Diga ao meu filho" disse Anthony ao criado que o atendeu, "para vir aqui antes de sair."

---

[*] Demônio. No Novo Testamento, é o rei da riqueza e avareza. [N.T.]

[1] Conde russo (1780—1862), era militar e apreciava culinária, criando pratos que receberam seu nome, dos quais o mais famoso foi um pudim de castanhas. [N.T.]

MAMMON E O CUPIDO

Quando o jovem Rockwall entrou na biblioteca, o velho colocou de lado o jornal e olhou para ele com benevolente sisudez em seu rosto grande, liso e rosado; enrolou seu emaranhado de cabelo branco com uma das mãos enquanto chocalhava o molho de chaves em seu bolso com a outra mão.

"Richard," disse Anthony Rockwall, "quanto você paga pelo sabonete que você usa?"

Richard, que fazia apenas seis meses que voltara para casa após terminar a faculdade, ficou um tanto espantado. Ele ainda não havia se acostumado a este seu progenitor, que era tão cheio de imprevisibilidades quanto uma adolescente na sua primeira festa.

"Seis dólares a dúzia, eu acho, pai."

"E por um terno?"

"Creio que sessenta dólares, como regra."

"Você é um cavalheiro", disse Anthony, decididamente. "Ouvi falar de jovens que gastam 24 dólares por uma dúzia de sabonetes, e mais de cem dólares em cada terno. Você tem tanto dinheiro para desperdiçar quanto qualquer um deles, e ainda assim você se mantém decente e moderado. Agora eu uso o velho Eureka — não apenas por sentimentalismo, mas também porque é o mais puro sabonete que existe. Sempre que você paga dez centavos ou pouco mais por uma barra de sabonete, não compra um produto de boa marca e qualidade. Entretanto, cinquenta centavos vão muito bem para um jovem de sua geração, posição e condição. Como disse, você é um cavalheiro. Dizem que leva três gerações para formar um. Estão enganados. O dinheiro faz tudo ser tão brilhante quanto uma barra de sabonete. Você foi feito assim. Por Deus! Eu também quase fui feito assim. Sou quase tão mal-educado, desagradável e rude quanto

O. HENRY

aqueles dois velhos cavalheiros holandeses que estão localizados à minha esquerda e direita, que não conseguem dormir à noite porque eu comprei a propriedade entre eles."

"Há algumas coisas que o dinheiro não consegue conquistar", comentou o jovem Rockwall, um tanto melancolicamente.

"Ah, não diga isso", disse o velho Anthony, chocado. "Aposto meu dinheiro contra dinheiro todas as vezes. Revirei a enciclopédia de A a Y, procurando alguma coisa que não pudesse ser comprada; e espero terminar de ler o Z na próxima semana. Eu estou com dinheiro a campo. Diga o nome de algo que o dinheiro não pode comprar."

"Uma das coisas que não compra é o acesso de alguém aos círculos exclusivos da alta sociedade", respondeu Richard, num discurso levemente inflamado.

"Ah, não?!", trovejou o campeão das raízes do mal. "Você me diga onde estariam seus círculos exclusivos se o primeiro Astor[2] não tivesse o dinheiro para pagar sua própria passagem de navio de imigrante de terceira classe?"

Richard suspirou.

"Era aqui aonde eu queria chegar", afirmou o velho, já menos asperamente. "Foi por isso que pedi para você vir até aqui. Há algo de errado com você, rapaz. Venho notando há duas semanas. Acabe com isso. Acho que eu poderia pôr a mão em onze milhões de dólares em 24 horas, fora os imóveis. Se o problema é seu estilo de vida, há o barco Rambler, ancorado na baía, abastecido com carvão, pronto para navegar até as Ilhas Bahamas em dois dias."

---

[2]John Jacob Astor (1763—1848), imigrante alemão, de origem humilde, que se tornou o homem mais rico nos Estados Unidos em sua época. [N.T.]

MAMMON E O CUPIDO

"Não foi uma má conjectura, papai. Você passou perto."

"Ah," disse Anthony, com sagacidade; "qual é o nome dela?"

Richard começou a andar a esmo pela biblioteca. Havia suficiente camaradagem e solidariedade neste seu velho e rude pai para despertar sua confiança.

"Por que você não a pede em casamento?", demandou o velho Anthony. "Ela vai pular em você. Você tem dinheiro e apresentação, e é um rapaz decente. Suas mãos são limpas, você não tem sabão Eureka nelas. Você esteve na faculdade, ela vai gostar."

"Não tive nenhuma chance", respondeu Richard.

"Provoque uma", disse Anthony. "Leve-a para andar no parque, ou a um passeio em um brinquedo, ou ande com ela até a casa dela na volta da igreja! Puxa!"

"Você não conhece o círculo social, papai. Ela faz parte da correnteza que o faz girar. Cada hora e cada minuto do tempo dela é programado com dias de antecedência. Eu preciso conquistar aquela garota, papai, ou esta cidade vai ser para mim um pântano cheio de árvores. E eu não posso escrever para ela — não posso fazer isso."

"Ora!", disse o velho homem. "Você está querendo me dizer que, com todo o dinheiro que eu tenho, você não consegue para si uma ou duas horas do tempo da menina?"

"Adiei demais. Ela embarca para a Europa ao meio-dia de depois de amanhã, para uma permanência de dois anos. Vou vê-la sozinha amanhã à noite durante apenas alguns minutos. Ela está em Larchmont agora, na casa de uma tia. Não posso ir lá. Mas fui autorizado a encontrá-la

O. HENRY

com um táxi na Grand Central Station[3] amanhã à noite no trem das 20h30. Nós vamos de coche a galope pela Broadway ao Teatro Wallack's, onde a mãe dela e uma festa fechada estarão esperando por nós no lobby. Você acha que ela iria ouvir uma declaração minha nestes seis a oito minutos nestas circunstâncias? Não. E que chance teria eu no teatro ou após? Nenhuma. Não, papai, este é um emaranhado que o seu dinheiro não pode desembaraçar. Não podemos comprar um minuto do tempo com pagamento à vista; se pudéssemos, os ricos viveriam mais tempo. Não há esperança de conversar com a srta. Lantry antes da sua viagem."

"Muito bem, Richard, meu rapaz", disse o velho Anthony, carinhosamente. "Você pode ir para o seu clube agora. Estou feliz de saber que o problema não é o seu fígado. Porém, não se esqueça de, vez ou outra, acender uns palitos de incenso no templo chinês para o grande deus Mazuma.[4] Você disse que dinheiro não compra tempo? Bem, é claro, você não pode encomendar a eternidade embrulhada e entregue na porta de sua casa por um preço, mas eu já vi o Pai Tempo[5] sofrer pesadas contusões de pedras nos calcanhares quando ele andava no campo de garimpo de ouro."

PARTE 2

Naquela noite, a tia Ellen, delicada, sentimental, enrugada, suspiradora, oprimida pela riqueza, se aproximou do seu irmão Anthony quando este lia o jornal da tarde, e começou a discursar sobre a tragédia dos amantes.

[3]Estação Central de Trens de Nova York. [N.T.]
[4]Termo de origem hebraica, que significa dinheiro. [N.T.]
[5]Personificação do tempo, retratada por um velhinho de barbas trajando um robe e carregando uma ampulheta. [N.T.]

"Ele me contou tudo", disse o irmão Anthony, bocejando. "Disse-lhe que minha conta bancária estava a seu dispor. Então ele começou a bater no dinheiro. Disse que o dinheiro não poderia ajudá-lo. Falou que as regras da sociedade não podiam ser quebradas, nem por um metro, por um grupo de decamilionários."[6]

"Oh, Anthony," suspirou tia Ellen, "gostaria que você não pensasse tanto em dinheiro. A riqueza não é nada quando se trata de verdadeira afeição. O amor é todopoderoso. Se ele tivesse dito há mais tempo! Ela não poderia ter recusado nosso Richard. Entretanto, agora eu temo que seja tarde demais. Ele não terá oportunidade de se declarar a ela. Nem o seu ouro todo poderá trazer a felicidade ao seu filho."

PARTE 3

Às oito horas da noite do dia seguinte, tia Ellen tirou um gracioso e antigo anel de ouro de uma caixa roída por traças e deu-o a Richard.

"Use-o essa noite, sobrinho", ela implorou. "Foi-me dado por sua mãe. Ela disse que traria boa sorte no amor. Ela me pediu para lhe dar quando você encontrasse o amor da sua vida."

O jovem Rockwall pegou o anel respeitosamente e tentou colocá-lo no dedinho. Alcançou a segunda cartilagem e não avançou mais. Ele tirou-o e, de forma tipicamente masculina, guardou num bolso de sua vestimenta. Então ele telefonou para o ponto de coches.

Na estação, ele "capturou" a srta. Landry, às 8h32, do meio da multidão em movimento.

"Não podemos deixar mamãe e os outros esperando", disse ela.

[6]Dono de fortuna a partir de dez milhões de dólares. [N.T.]

O. HENRY

"Para o Teatro Wallack's o mais rápido que você puder dirigir", afirmou Richard ao cocheiro, solidariamente a ela.

Eles transitavam rapidamente através da Rua 42 em direção à Broadway, e em seguida pela pista com o brilho branco das estrelas, que vai dos suaves campos do pôr-do-sol às montanhas rochosas da manhã.

Na Rua 34, o jovem Richard rapidamente abriu a escotilha e mandou o cocheiro parar.

"Deixei cair um anel", ele se desculpou, ao descer do coche. "Era da minha mãe, e eu detestaria perdê-lo. Não vou demorar um minuto. Eu vi onde caiu."

Em menos de um minuto, ele estava de volta com o anel.

Entretanto, durante aquele minuto, um coletivo de passageiros parou exatamente na frente do coche. O cocheiro tentou sair pela esquerda, mas um pesado coche de cargas vindo pela esquerda impediu-o. Ele tentou a direita, mas teve de recuar de um furgão de móveis que não tinha nada que estar ali naquele momento. Ele tentou dar ré, mas deixou cair as rédeas e praguejou apropriadamente. Estava bloqueado por um emaranhado de coches e cavalos.

Um daqueles congestionamentos que ocorriam algumas vezes e amarravam comércio e trânsito repentinamente na grande cidade.

"Por que você não vai em frente?", perguntou a srta. Landry, impacientemente. "Vamos chegar atrasados."

Richard ficou em pé no coche e olhou em volta. Ele viu uma congestionada inundação de vagões, coches, furgões e bondes preenchendo o vasto espaço onde a Broadway, a Sexta Avenida e a Rua 34 se cruzam — tal como uma moça de número 65 usando um espartilho de número 55. E, de todos os cruzamentos em volta, ainda vinham veículos em alta velocidade, buzinando, convergindo ao mesmo ponto da massa em luta, freando as rodas e adicionando impropérios ao clamor geral. Todo o trânsito de Manhattan parecia ter congestionado em volta deles. O mais velho nova-iorquino entre os milhares de expectadores alinhados nas calçadas não havia testemunhado um bloqueio de trânsito tão intenso quanto este.

"Sinto muito," disse Richard, ao retomar seu assento, "mas parece que estamos retidos. Não vão conseguir desatar essa mixórdia em menos de uma hora. Foi minha culpa. Se eu não tivesse deixado cair o anel, nós…"

"Deixe-me ver o anel", disse a srta. Landry. "Já que não há o que fazer, eu não me importo. Acho que teatros são uma bobagem, de qualquer forma."

PARTE 4

Às onze horas daquela noite, alguém bateu levemente à porta de Anthony Rockwall.

"Entre", gritou Anthony, que estava de pijama vermelho, lendo um livro de aventuras de piratas.

Esse alguém era a tia Ellen, parecendo um anjo de cabelo grisalho, que foi esquecido na terra por engano.

"Eles estão noivos, Anthony", ela disse, suavemente. "Ela prometeu se casar com o nosso Richard. No trajeto para o teatro, houve uma interdição no trânsito, e demorou duas horas para que o coche pudesse sair dali."

"E, oh, irmão Anthony, jamais se gabe novamente sobre o poder do dinheiro. Um pequeno emblema do verdadeiro amor — um pequeno anel que simbolizava afeição sem fim e sem mercenarismo — foi a razão do nosso

Richard encontrar sua felicidade. Ele deixou cair na rua e voltou para pegá-lo. E antes que eles pudessem continuar, houve o bloqueio do trânsito. Ele falou com seu amor e o conquistou enquanto estavam dentro do coche. O dinheiro é escória comparado com o verdadeiro amor, Anthony."

"Está bem," disse Anthony, "estou feliz que o rapaz tenha conseguido o que queria. Eu lhe disse que não pouparia nenhuma despesa no caso se…"

"Mas, irmão Anthony, o que o seu dinheiro poderia ter feito de bom?"

"Irmã," retrucou Anthony Rockwall, "meu lado pirata está envolvido em um demônio de uma briga. Seu navio está fazendo água, e ele sabe muito bem o valor do dinheiro para pôr tudo a perder. Gostaria que você me deixasse ler este capítulo."

A história deveria acabar aqui. É o que eu gostaria, do fundo do coração, tanto quanto você que está me lendo. Porém, precisamos ir ao fundo do poço para descobrir a verdade.

FINAL

No dia seguinte, um homem de mãos vermelhas, de nome Kelly, usando gravata de bolinhas azuis, bateu à casa de Anthony Rockwall e foi imediatamente recebido na biblioteca.

"Bem," disse Anthony, abrindo seu talão de cheques, "foi uma boa ensaboada. Vamos ver — você tinha 5 mil dólares em dinheiro."

"Paguei mais trezentos dólares do meu bolso", completou Kelly. "Eu tive que gastar um pouco mais do que o estimado. Cada carroça e cada coche custaram em média

MAMMON E O CUPIDO

cinco dólares; mas os coches de carga e as parelhas de dois cavalos custaram, em sua maioria, dez dólares cada. Os cocheiros cobraram dez dólares e alguns dos coches de carga cobraram vinte dólares. O mais caro de tudo foram os policiais — dois deles cobraram cinquenta e os demais vinte e 25 dólares. Mas não funcionou tudo a contento, sr. Rockwall? Estou feliz que William A. Brady[7] não estivesse presente para ver aquela cena externa de multidão de veículos. Eu não gostaria de partir de ciúmes o coração dele. E sem nenhum ensaio! Os rapazes chegaram numa fração de segundo. Mesmo uma cobra teria levado duas horas para se arrastar dali e chegar aos pés da estátua de Greeley."[8]

"Mil e trezentos dólares. Aqui estão, Kelly", disse Anthony, destacando um cheque de seu talão. "Seus mil e mais os trezentos que você gastou. Você não despreza o dinheiro, não é, Kelly?"

"Eu?", respondeu Kelly. "Sou capaz de matar de tanto espancar o homem que inventou a pobreza."

Anthony chamou Kelly quando este chegava à porta da biblioteca.

"Você notou," perguntou Anthony, "se, no meio daquela confusão, havia um menino gordo, sem roupas, atirando flechas com um arco?"

"Ah, não", disse Kelly, mistificado. "Eu não. Se ele estava lá como o senhor descreveu, provavelmente foi preso pelos policiais antes de eu chegar."

"Eu sabia que o pequeno Cupido malandro não estaria lá", riu Anthony de satisfação. "Adeus, Kelly."

---

[7]William Aloysius Brady (1863—1950), ator e produtor teatral norte-americano.

[8]Horace Greeley (1811—1872), jornalista e político norte-americano, imortalizado por um monumento localizado ao sul de Manhattan, em frente à Ponte do Brooklyn. [N.T.]

REABILITAÇÃO E REGENERAÇÃO

PARTE 1

Um policial veio até a oficina de sapatos do presídio, onde Jimmy Valentine trabalhava assiduamente costurando calçados, e escoltou-o até o escritório administrativo. Lá, o diretor entregou-lhe o seu perdão judicial, que havia sido assinado naquela manhã pelo governador do Estado. Jimmy pegou-o com uma expressão de cansaço. Ele havia cumprido dez meses de uma sentença de quatro anos. Tivera expectativa de ficar no máximo três meses. Quando um homem com tantos amigos, como Jimmy Valentine, é recebido na cadeia, nem vale a pena cortar-lhe o cabelo, pois vai sair logo.

"Então, Valentine," disse o diretor, "você vai sair amanhã de manhã. Prepare-se, e faça de si um homem. Você, no fundo, não é um sujeito ruim. Pare de arrombar cofres e tenha uma vida decente."

"Eu?", respondeu Jimmy, surpreso. "Ora, eu nunca arrombei um cofre em toda a minha vida."

"Ah, não", riu o diretor. "Claro que não. Vejamos, então. Como foi que aconteceu de você ter sido preso por causa daquele negócio em Springfield? Foi por que você não podia apresentar um álibi com medo de comprometer alguém da mais alta sociedade? Ou foi simplesmente um caso de um júri idoso e maléfico que foi contra você? É sempre uma das duas que acontece com vocês, vítimas inocentes."

REABILITAÇÃO E REGENERAÇÃO

"Eu?", respondeu Jimmy, ainda virtuosamente puro. "Ora, senhor diretor, eu nunca estive em Springfield em toda a minha vida!"

"Leve-o de volta, Cronin," ordenou o diretor ao policial, "e forneça-lhe roupas civis de partida. Destranque-o às sete horas da manhã e deixe-o vir para a sala de saída. Acho bom você refletir sobre o que eu disse, Valentine."

PARTE 2

Pontualmente às 7h15 do dia seguinte, Jimmy estava no escritório do diretor. Vestia um terno de corte duvidoso, produzido em série, e um par de sapatos duros que rangiam ao caminhar, compondo um uniforme que o Estado fornece aos seus hóspedes compulsórios ao serem dispensados.

O funcionário entregou-lhe uma passagem de trem e uma nota de cinco dólares, com a qual a lei esperava que ele se reabilitasse e se tornasse um bom e próspero cidadão. O diretor deu-lhe um charuto e trocaram um aperto de mãos. Valentine, código 9762, foi registrado no livro de ocorrências da penitenciária como "Perdoado pelo Governador", e assim o senhor James Valentine caminhou para o sol da liberdade.

Sem qualquer interesse no canto dos pássaros, no verde das árvores e no perfume das flores, Jimmy rumou direto para um restaurante. Lá, ele provou os primeiros prazeres da liberdade na forma de um frango grelhado e uma garrafa de vinho branco, seguido de um charuto um nível melhor do que o que o diretor havia lhe dado. De lá, seguiu direto para a estação ferroviária. Atirou um quarto de dólar no chapéu de um pedinte deficiente visual sentado à entrada da estação e embarcou no trem. Três

O. HENRY

horas depois, desceu numa estação em uma pequena cidade na fronteira do Estado. Foi para o café de um tal de Mike Dolan e apertou a mão deste, que estava só atrás do balcão.

"Sinto não poder ter ajudado mais cedo, Jimmy, meu rapaz", disse Mike. "Mas nós tivemos que enfrentar o protesto de Springfield, e o governador quase recuou na assinatura do perdão. Tudo bem com você?"

"Tudo", respondeu Jimmy. "Está com a minha chave?"

Jimmy pegou a chave e foi para o andar superior, destrancando a porta de um quarto no fundo do edifício. Tudo estava do jeito que ele havia deixado meses antes. Sobre o piso do quarto ainda estava o botão do colarinho da camisa de Ben Price, que havia sido arrancado na luta corporal entre Jimmy e esse renomado detetive, quando o dominou e levou preso.

Jimmy afastou da parede uma cama de dobrar, atrás da qual havia um painel móvel, que Jimmy puxou, e retirou de dentro da parede uma maleta coberta de pó. Levantou a tampa da maleta e olhou com satisfação para o jogo de ferramentas de arrombar cofres mais completo de todo o leste dos Estados Unidos. Era um conjunto completo, composto de ferramentas de aço temperado especial; o último tipo de furadeiras, brocas, punções, pés-de-cabra, alicates, perfuradores, além de duas ou três novidades desenvolvidas pelo próprio Jimmy, das quais ele se orgulhava. Custaram mais de novecentos dólares, executadas em um lugar especializado em ferramentas para profissionais do ramo.

Em meia hora, Jimmy desceu a escada e passou pelo café. Ele estava agora vestido com roupas de bom gosto e corte adequado, carregando na mão sua maleta limpa e sem poeira.

REABILITAÇÃO E REGENERAÇÃO

"Alguma coisa em vista?", perguntou Mike Dolan, afavelmente.

"Eu?", respondeu Jimmy, em tom enigmático. "Eu não entendo. Sou representante da Fábrica de Biscoitinhos Cracker Amalgamados e Trigo Granulado de Nova York."

Essa afirmação deleitou Mike a tal ponto que Jimmy ganhou na hora de brinde uma água mineral com leite. Ele não tocava em bebidas "fortes".

PARTE 3

Uma semana após a libertação de Valentine, código 9762, foi descoberto um trabalho caprichado de arrombamento de cofre em Richmond, Indiana, sem pistas do autor. Uns escassos oitocentos dólares eram tudo o que foi levado.

Duas semanas mais tarde, em Logansport, um cofre patenteado, aperfeiçoado, à prova de arrombadores, foi aberto como um queijo e levados 1.500 dólares em espécie; a prata e os títulos nem foram tocados.

Isso começou a interessar os caçadores de ladrões. Até que o antiquado cofre de um banco em Jefferson City entrou em erupção como um vulcão e expulsou a quantia de cinco mil dólares. Agora as perdas já eram suficientemente grandes para trazer o assunto às mãos de um investigador da classe de Ben Price. Ao comparar as suas anotações, encontrou uma semelhança notável nos métodos de arrombamento. Após investigar as cenas dos crimes, Ben Price declarou: "Estes são autógrafos do requintado James Valentine. Ele retomou os negócios. Veja aquele botão de travamento — retirado tão facilmente quanto arrancar um rabanete da terra molhada. Ele tem as únicas ferramentas que podem fazer isso. E veja a limpeza dos

O. HENRY

pinos das dobradiças que foram extraídos! Jimmy nunca precisa fazer mais de um furo. Sim, creio que quero pegar o sr. Valentine. Ele cumprirá sua próxima pena sem qualquer bobagem de redução de tempo ou pedido de clemência."

Ben Price conhecia os hábitos de Jimmy. Ele os aprendeu quando estudou o assalto em Springfield. Longos intervalos, escapes rápidos, nada de comparsas, e um gosto pela alta sociedade. Esses caminhos haviam ajudado o sr. Valentine a ser conhecido por sua bem-sucedida capacidade de escapar da punição. Foi aludido que Ben Price já havia tomado a trilha do evasivo arrombador, e outros donos de cofres à prova de ladrões sentiram-se mais à vontade.

PARTE 4

Numa determinada tarde, Jimmy Valentine e sua maleta desceram de uma carruagem em Elmore, uma cidadezinha a oito quilômetros da ferrovia, no território de floresta de carvalhos de Arkansas. Jimmy, parecendo um jovem adulto, de porte atlético, recém-chegado da universidade, desceu a calçada de madeira e foi diretamente para o hotel.

Uma jovem cruzou a rua, passou por ele e entrou por uma porta sobre a qual se lia "Banco Elmore". Jimmy Valentine olhou-a nos olhos, esqueceu-se de quem ele era, e tornou-se um outro homem. Ela abaixou o olhar e corou um pouco. Em Elmore, era raro encontrar um jovem com o aspecto e estilo de Jimmy.

Jimmy segurou, pelo colarinho da camisa, um menino que estava matando o tempo nos degraus da entrada do banco, como se fosse um dos seus acionistas, e começou a fazer-lhe perguntas sobre a minúscula cidade, dando-lhe uma moeda de vez em quando. Após um tempo, a jovem saiu do banco, e com um ar nobre, ignorando a presença do jovem forasteiro e sua maleta, seguiu seu caminho.

"Aquela não é a senhorita Polly Simpson?", perguntou Jimmy, com uma astúcia capciosa.

"Não", respondeu o menino. "Ela é Annabel Adams. O pai dela é o dono deste banco. O que você veio fazer em Elmore? A corrente do seu relógio é de ouro? Vou comprar um cachorro. Você tem mais algumas moedas?"

Jimmy foi para o hotel Planters, registrou-se como Ralph D. Spencer, e alugou um quarto. Ele se inclinou sobre o balcão e apresentou seus objetivos ao funcionário do hotel. Disse que havia vindo a Elmore em busca de um ponto para negócios. Como estava o comércio de calçados na cidade? Haveria uma oportunidade para montar um negócio de calçados?

O funcionário ficou impressionado com as roupas e as maneiras de Jimmy. Ele mesmo era um modelo da moda da juventude fracamente dourada de Elmore, porém agora ele se comparava a Jimmy e percebia suas limitações. Enquanto tentava decifrar o modo de Jimmy de dar o nó na gravata, cordialmente dava as informações solicitadas.

Sim, deveria haver uma boa oportunidade no segmento de calçados. Não havia na cidade nenhuma loja especializada em calçados, que eram vendidos em armazéns de secos e molhados, assim como em lojas de armarinhos. Os negócios na cidade corriam bem. Ele torcia para que o sr. Spencer se estabelecesse em Elmore. Era uma agradável cidade para se viver e seus habitantes muito sociáveis.

O. HENRY

O sr. Spencer decidiu ficar uns dias na cidade e analisar a situação vigente. Não, o atendente não precisava chamar o carregador; ele mesmo iria levar sua maleta, pois era muito pesada.

PARTE 5

O sr. Ralph Spencer, a fênix[1] que renasceu das cinzas de Jimmy Valentine — cinzas essas que foram o que restou das chamas de um repentino e restaurador acesso de paixão — permaneceu em Elmore, e prosperou. Abriu uma loja de calçados, com a qual assegurou para si uma boa parcela do comércio desse produto.

Socialmente também se tornou um sucesso, e conquistou muitos amigos. E realizou o desejo do seu coração. Ele conheceu a srta. Annabel Adams, e foi sendo cativado por seu charme.

Após o primeiro ano, a situação do sr. Ralph Spencer era a seguinte: havia ganhado o respeito da comunidade, sua loja estava florescendo, estava noivo de Annabel e iriam casar-se dentro de duas semanas. O sr. Adams, típico banqueiro perseverante do interior, aprovou Spencer. O orgulho de Annabel por ele quase igualava a sua afeição. Ele já estava tão envolvido com a família do sr. Adams e com a da irmã casada de Annabel, que já parecia ser um deles.

Um dia em seu quarto do hotel, Jimmy escreveu a seguinte carta, que enviou para o endereço seguro de um de seus velhos amigos em Saint Louis:

---

[1]Figura da mitologia fenícia, que se espalhou para outras civilizações primitivas — ave vermelha e dourada que, no final de seu ciclo de vida, ateava fogo ao próprio ninho e suas penas, para renascer em mais um ciclo de vida. [N.T.]

REABILITAÇÃO E REGENERAÇÃO

Meu velho amigo,

Quero que você esteja no restaurante do Sullivan, em Little Rock, na próxima quarta-feira à noite, às nove. Quero que você acerte alguns assuntos para mim. E também quero lhe dar de presente o meu jogo de ferramentas. Sei que você adoraria ficar com ele — você não gastaria menos de mil dólares para fazer outro igual. Pois é, Billy, eu abandonei esse negócio há um ano. Tenho agora uma bela loja. Estou ganhando a vida honestamente, e vou me casar com a melhor garota do mundo dentro de duas semanas. É a única vida, Billy, a correta. Eu não tocaria agora um dólar de outro homem nem por um milhão. Depois de me casar, vou vender tudo e me mudar para o oeste, onde não haverá tanto perigo de ser enquadrado por algum dos meus antigos processos. Eu lhe digo, Billy, ela é um anjo. Ela acredita em mim; e eu jamais voltaria a fazer qualquer ato ilícito em todo o mundo. Esteja no Sully's conforme combinado; preciso encontrar com você. Levarei as ferramentas comigo.

Seu velho amigo,

Jimmy

PARTE 6

Na segunda-feira à noite, após Jimmy ter escrito essa carta, o detetive Ben Price chegou discretamente a Elmore sacolejando em uma charrete de aluguel. Ele vagou pela cidade em seu estilo quieto até que encontrou o que procurava. Da farmácia em frente à loja de calçados, ele pôde observar bem Ralph Spencer.

"Vai se casar com a filha do banqueiro, Jimmy?!", disse Price para si mesmo, em voz baixa. "Eu não sei, não."

FINAL

Na manhã seguinte, Jimmy tomou o café da manhã com os Adams. Ele iria a Little Rock naquele dia para encomendar seu terno de casamento e comprar alguns presentes para Annabel. Seria a primeira vez que sairia de Elmore desde que ali chegou. Mais de um ano já se passara desde os últimos "trabalhos" executados e assim ele se sentia mais seguro em se aventurar.

Após o café da manhã, uma boa parte da família Adams — o sr. Adams, Annabel, Jimmy, a irmã de Annabel com suas duas filhas de nove e cinco anos — foi ao centro da cidade. Foram ao hotel onde Jimmy estava hospedado, e este subiu rapidamente ao seu quarto e desceu com sua mala. Aí foram todos ao banco. Na porta estava a charrete de Jimmy, e Dolph Gibson, que iria levá-lo até a estação de trem a oito quilômetros de distância.

No salão do banco, construído com vigas altas entalhadas, entraram todos, inclusive Jimmy, pois o futuro genro do sr. Adams era bem-vindo em qualquer lugar. Os funcionários sentiam prazer em serem cumprimentados pelo jovem bem apessoado e agradável que iria se casar com a srta. Annabel. Jimmy colocou sua mala no chão. Annabel, cujo coração palpitava de felicidade e juvenil alegria, colocou o chapéu de Jimmy e pegou sua mala. "Eu não faria uma bela caixeira-viajante?", perguntou Annabel. "Meu! Ralph, que peso! Parece que está carregada de barras de ouro!"

"São vários moldes metálicos de sapato banhados em níquel lá dentro," respondeu Jimmy, friamente, "que estou devolvendo. Achei melhor economizar o frete levando eu mesmo. Estou ficando terrivelmente econômico."

O Banco Elmore havia acabado de instalar um novo cofre em uma nova câmara. O sr. Adams estava muito orgulhoso de sua nova aquisição, e insistiu que todos o inspecionassem. A câmara era pequena mas tinha uma nova porta, patenteada, que era fixada por três sólidos parafusos de aço, movidos simultaneamente por uma alavanca acionada por uma trava temporizadora. O sr. Adams explicou radiante o seu equipamento ao sr. Spencer, que demonstrou em retorno um interesse cortês porém não excessivamente inteligente. As duas crianças, May e Agatha, estavam deliciadas com o metal brilhante, o relógio e as alavancas curiosas.

Enquanto todos estavam entretidos com a novidade, Ben Price entrou no banco e apoiou o cotovelo sobre o balcão, olhando descomprometidamente para as dependências internas. Disse ao caixa que não precisava de nada, apenas estava aguardando por um conhecido seu.

De repente, um ou dois gritos femininos e uma comoção. Sem ser percebida pelos adultos, May, a menina de nove anos, por brincadeira, trancou Agatha na câmara. Ela então apertou os parafusos e virou o segredo conforme a combinação que havia visto o sr. Adams fazer.

O idoso banqueiro correu para a maçaneta e puxou-a com força por um momento. "A porta não pode ser aberta", resmungou. "O relógio não recebeu corda nem o segredo do cofre foi ajustado."

A mãe de Agatha gritou novamente, histericamente.

"Silêncio", disse o sr. Adams, erguendo sua mão trêmula. "Todos quietos por um instante. Agatha!", chamou ele tão alto quanto lhe foi possível. "Ouça." Durante o silêncio que se sucedeu, eles podiam ouvir o som fraco da criança, do seu grito selvagem em pânico na câmara escura.

"Minha preciosa querida!", chorava a mãe. "Ela vai

morrer de susto! Abram a porta! Oh, arrombe-a! Vocês homens não podem fazer nada?"

"Não há nenhum homem até Little Rock que possa abrir essa porta", disse o sr. Adams, com voz embargada. "Meu Deus! Spencer, o que vamos fazer? Aquela criança não pode ficar muito tempo lá dentro. Não tem ar suficiente e, além disso, ela vai ter convulsões por causa do medo."

A mãe de Agatha, agora desvairada, batia na porta do cofre com as mãos. Alguém impetuosamente sugeriu usar dinamite. Annabel virou-se para Jimmy, seus olhos grandes cheios de angústia, mas ainda não desesperados. Para uma mulher apaixonada, nada parece completamente impossível aos poderes do homem que ela adora.

"Você não pode fazer nada, Ralph?! Tente, por favor."

Ele a olhou com um sorriso suspeito e suave em seus lábios e em seu olhar.

"Annabel," disse ele, "dê-me aquele broche de rosa que você está usando na sua blusa, por favor."

Mal podendo crer no que estava ouvindo dele, ela soltou o pino, tirou o broche e colocou na mão dele. Jimmy colocou-o no bolso de seu colete, arrancou o paletó e arregaçou as mangas de sua camisa. Com este ato, Ralph Spencer saiu de cena e entrou Jimmy Valentine em seu lugar.

"Fiquem longe da porta, todos vocês", determinou secamente.

Colocou sua maleta sobre a mesa, abriu-a totalmente e apoiou a tampa sobre a mesa. Daí em diante, parecia não ter consciência da presença de mais ninguém. Tirou as suspeitas ferramentas, colocou-as ordenadamente sobre a superfície, assobiando levemente, como costumava fazer em seu trabalho anterior. Em profundo silêncio e imobilizados, os demais o olhavam como se estivessem enfeitiçados.

Em um minuto, a broca de Jimmy estava perfurando suavemente a porta de aço. Em dez minutos — quebrando assim seu próprio recorde de arrombamentos — arrancou os parafusos e abriu a porta.

Agatha, quase desfalecida, porém salva, foi recolhida aos braços da mãe.

Jimmy Valentine vestiu seu paletó, e andou para fora do salão do banco em direção à porta da rua. Enquanto andava, pensou ter ouvido uma voz distante que lhe era familiar chamar "Ralph!"

Na porta do banco, havia um homem alto obstruindo parcialmente sua passagem.

"Olá, Ben", disse Jimmy, ainda sorrindo estranhamente. "Conseguiu finalmente, não é?! Então, vamos. Não sei se faz muita diferença agora."

E então Ben Price agiu de forma inesperada.

"Acho que está enganado, sr. Spencer," disse ele, "não creio que eu o conheça. Sua charrete está lhe esperando, não é?"

O SÓTÃO

PARTE 1

Primeiramente, a sra. Parker, dona da pensão, mostrava o salão duplo do primeiro andar para cada novo candidato a inquilino. Você não teria coragem de interromper sua descrição das vantagens e dos méritos do antigo morador que o ocupou durante os últimos oito anos. Ao mesmo tempo, você teria que se controlar para não gaguejar ao confessar a ela que você não era médico nem dentista. A forma da sra. Parker receber a sua admissão era tal que fazia você, a partir daí, nunca mais sentir o mesmo carinho por seus pais, por terem negligenciado sua formação acadêmica em uma das poucas profissões que atendiam as suas exigências para ter direito a alugar o salão duplo do primeiro andar.

A etapa seguinte seria subir um lance de escadas e conhecer o segundo andar, onde o aluguel do quarto dos fundos era de oito dólares. Apesar de estar convencido pela sra. Parker de que valia os doze dólares que o sr. Toosenberry sempre pagou, até partir para a Flórida para administrar a plantação de laranjas que pertencia ao irmão dele, próxima a Palm Beach — onde por coincidência sempre passava o inverno a sra. McIntyre, inquilina do salão duplo da frente, também no primeiro andar e com banheiro privativo —, você admitia quase sussurrando que procurava algo ainda mais barato.

Se você sobrevivesse ao desprezo da sra. Parker, era levado para conhecer o grande quarto ocupado pelo

O SÓTÃO

sr. Skidder no terceiro andar. O quarto não estava vago. Nele, o sr. Skidder escrevia peças de teatro e fumava o dia inteiro. Mas, cada candidato a inquilino tinha que visitar esse quarto e apreciar os lambrequins[1] das janelas, pois, após cada visita dessas, o sr. Skidder, assustado com a possibilidade de despejo, pagava uma parte de seus aluguéis atrasados.

Então — ah, aí então —, se você ficasse apoiado em apenas um pé, a sua mão quente esfregando os únicos três dólares molhados de suor no bolso, e assumisse publicamente, com voz rouca, sua pobreza repugnante e cheia de culpa, a sra. Parker não mais iria ciceroneá-lo. Ela daria um grito dizendo, em alto e bom tom, a palavra "Clara!", viraria as costas para você e desceria as escadas marchando.

Aí então, Clara, a empregada negra, iria escoltá-lo até o quarto andar, subindo a escada carpetada, para lhe mostrar o sótão. Esse ocupava uma superfície de 2×2,5 metros no meio do salão. Cada lado dessa área era constituído por um armário de madeira escura ou um closet, voltados para fora. Dentro do quarto havia uma cama de ferro, um suporte para bacia, uma cadeira e uma estante para colocar roupas. As quatro paredes lisas pareciam fechar o contorno à sua volta como um caixão de defunto, onde você, com a mão no pescoço esfregando a garganta, arfando, olhando para cima como se estivesse dentro de um poço, ainda respirava uma vez mais, vendo, através do vidro da pequena claraboia, um céu quadrado de azul infinito. "Dois dólares, ô meu!", diria Clara em seu tom de falar, metade petulante e metade parecendo um javali.

---

[1] Enfeite em ferro fundido ou madeira entalhada, de origem europeia, muito usado em janelas no fim do século XIX e início do século XX. [N.T.]

PARTE 2

Um dia, surgiu na pensão a srta. Leeson, procurando um quarto para alugar. Ela carregava uma máquina de escrever apropriada para uma mulher mais encorpada. Ela era uma garota bem baixinha, com olhos e cabelo que continuaram a crescer mesmo após o fim da sua fase de desenvolvimento da estatura, e que mais pareciam perguntar o porquê de ter ficado tão pequena.

A sra. Parker, como sempre, mostrou-lhe o salão duplo do primeiro andar. "No armário, tem lugar para guardar um esqueleto, um anestésico ou carvão", disse ela.

"Mas eu não sou médica nem dentista", respondeu a srta. Leeson, com um arrepio.

A sra. Parker retornou o seu olhar gelado de incredulidade, pena e escárnio, que ela sempre reservava para aqueles que falharam em se qualificar como doutores ou dentistas, e a conduziu ao fundo do segundo andar.

"Oito dólares?! Misericórdia! Eu não sou Hetty Green[2], mesmo que eu fosse de cor verde-dólar. Sou apenas uma pobre garota trabalhadora. Mostre-me algo mais acima e mais barato," disse a srta. Leeson.

No terceiro andar, o sr. Skidder pulou de susto com a batida seca da sra. Parker na porta de seu quarto, deixando cair pontas de cigarro e cinzas pelo chão.

"Desculpe-me, sr. Skidder, não sabia que estava aqui. Eu trouxe a srta. Leeson para conhecer os lambrequins", explicou a sra. Parker, com um sorriso demoníaco em seu rosto pálido.

"São lindos", disse a srta. Leeson, com um sorriso que só os anjos têm.

---

[2]Milionária norte-americana (1834—1916), também conhecida por ser muito econômica e avarenta. Mulher de negócios desde tenra idade e banqueira após herdar o banco do pai. [N.T.]

O SÓTÃO

Depois que elas saíram, o sr. Skidder se ocupou em remover a heroína alta, de cabelos pretos, de sua última peça (ainda não publicada), e inserir, em seu lugar, uma garota baixa, travessa, de cabeleira clara e cheia, e características vivazes. "Anna Held vai adorar", pensou o sr. Skidder, sentado de pernas cruzadas para o alto, na direção dos lambrequins, no meio de uma cortina de fumaça de cigarro que mais parecia uma lula voadora.

Neste instante, "Clara!", o grito de alerta disparado pela sra. Parker, revelou ao mundo o estado das finanças da srta. Leeson. Aí, um duende negro surgiu e segurou-a, escalou uma tenebrosa escada, arremessou-a dentro de uma câmara com um facho de luz vindo do teto, e murmurou as duas cabalísticas e diabólicas palavras "dois dólares!"

"Eu fico!", suspirou a srta. Leeson, afundando na cama de ferro, no meio de rangidos.

A srta. Leeson trabalhava fora todos os dias. À noite, ela trazia papéis manuscritos para fazer cópias datilografadas com sua máquina de escrever. Havia noites em que não tinha trabalho; então ela descia do seu quarto e sentava na escada com outros moradores. Um sótão não combinava com os planos que foram delineados antes do seu nascimento; ela tinha um coração alegre e cheio de ternura, e sonhos cheios de fantasias. Uma vez ela até concordou em deixar o sr. Skidder ler para ela três atos de sua grande comédia (não publicada), denominada estranhamente de "Não é criança, ou O herdeiro do metrô."

Era sempre uma festa para os moradores quando a srta. Leeson tinha uma ou duas horas de seu tempo para sentar nos degraus com eles. Mas a srta. Longnecker, a loira alta que era professora em uma escola pública e sempre respondia "bem, realmente!" para tudo que se dis-

O. HENRY

sesse, sentava-se no degrau mais alto e ficava suspirando. A srta. Dort, que trabalhava numa loja de departamentos e gostava de ir todo final de semana atirar nos patos de brinquedo do parque de diversões na Ilha Coney, sentava-se no degrau mais baixo e também suspirava. Então a srta. Leeson sentava-se num degrau intermediário e logo os homens se agrupavam em volta dela. Especialmente o sr. Skidder, que a vislumbrava como a estrela principal de um drama íntimo romântico, na vida real, não mencionado. E muito especialmente o sr. Hoover, 45 anos, gordo, cheio de vida e tolo. E também especialmente o jovem sr. Evans, que simulava uma tosse falsa para induzir a srta. Leeson a pedir-lhe que deixasse de fumar. Os homens a elegeram a mais engraçada e alegre de todas as moradoras. Enquanto isso, os suspiros tanto no degrau superior como no inferior continuavam implacáveis.

PAUSA PARA REFLEXÃO

Eu lhe suplico, leitor, que deixe em suspenso por um tempo a cena do drama, enquanto o coro no palco caminha na ponta dos pés em direção aos holofotes e deixa cair uma lágrima de tristeza pelo gordo sr. Hoover; ajusta as cordas vocais para a tragédia da gordura, a fatalidade da obesidade, a calamidade da corpulência. Este Falstaff[5] poderia render mais romance por tonelada do que as costelas do franzino Romeu por quilo. Um amante pode suspirar, mas não ofegar. Para o trem de Momo, vão encarcerados os homens gordos. Em vão, bate o mais fiel coração acima de uma cintura de 130 centímetros. Vá embora, Hoover! Quarenta e cinco anos, gordo, cheio de vida e tolo,

[5]Personagem de Shakespeare. Apesar de ser mau-caráter, bandido, mentiroso, covarde e bêbado, é adorado por ser bem humorado, jovial e infantil. [N.T.]

O SÓTÃO

você poderia causar a morte de Helena. Desista, nunca haveria uma chance para você, Hoover.

PARTE 3

Numa noite de verão, estavam reunidos ao ar livre, nos degraus da escada de entrada, os pensionistas da sra. Parker. Também estava a srta. Leeson que, ao olhar fixamente para o firmamento, gritou de alegria: "Ora, lá está Billy Jackson! Posso vê-lo daqui de baixo também".

Todos olharam para cima; alguns para as janelas dos edifícios em volta; outros esquadrinhando o céu à procura de um aeroplano — pilotado, é claro, por Billy Jackson.

"É aquela estrela", explicou srta. Leeson, apontando com um dedo fino. "Não é a grande que pisca, mas sim a azul ao lado. Posso vê-la todas as noites pela minha claraboia. Aí lhe dei o nome de Billy Jackson."

"Bem, realmente! Eu não sabia que você era astrônoma, srta. Leeson", disse a srta. Longnecker.

"Ah, sim! Conheço tanto de estrelas quanto a tendência da moda para o próximo outono no planeta Marte", respondeu a srta. Leeson.

"Bem, realmente!", respondeu a srta. Longnecker. "A estrela de que você está falando é a Gamma, da constelação da Cassiopeia. Ela é de segunda magnitude, e a sua passagem meridiana é…"

"Oh!" interrompeu o jovem sr. Evans. "Acho que Billy Jackson é um nome muito mais adequado."

"Eu também", disse o sr. Hoover, em tom desafiador. "Acho que a srta. Leeson tem o mesmo direito de batizar estrelas que tiveram os astrônomos da Antiguidade."

"Bem, realmente!", disse mais uma vez a srta. Longnecker.

O. HENRY

"Eu me pergunto se é uma estrela de atirar. Acertei nove patos e um coelho de cada dez, no último domingo na barraca de tiro do parque da Ilha Coney", disse a srta. Dort.

"Não dá para ver direito daqui de baixo. Você precisaria vê-la do meu quarto", comentou a srta. Leeson. "Mesmo de dia, dá para ver estrelas estando no fundo de um poço. À noite, o meu quarto parece um túnel de uma mina de carvão, e a luminosidade faz Billy Jackson parecer um grande diamante colado a um pino de atarraxar que a escura noite usa para prender seu quimono."

PARTE 4

Chegou uma época em que reduziram os trabalhos para a srta. Leeson fazer em casa. E, quando ela saía de manhã, não era para trabalhar. Andava de escritório em escritório atrás de serviço, e seu coração derretia em gotas após cada fria recusa transmitida por insolentes office-boys.

Houve uma noite em que ela, exausta, subia a escada do alpendre da pensão da sra. Parker na mesma hora em que sempre voltava do restaurante após o jantar. Só que, dessa vez, não teve jantar.

Ao subir as escadas do hall da casa, encontrou o sr. Hoover. A sua gordura pairava no ar acima da srta. Leeson, como uma avalanche prestes a desabar. Ele não perdeu tempo. Ali mesmo pediu-a em casamento. Ela se esquivou, segurando no corrimão. Ele tentou pegar sua mão, mas ela levantou e esbofeteou-o sem força no rosto. Degrau a degrau ela continuou subindo, movimentando-se com esforço.

Passou pela porta do sr. Skidder na hora em que ele estava redigindo, com tinta vermelha, as instruções para a personagem Myrtle Delorme (srta. Leeson) realizar piruetas através do palco — em sua comédia ainda não aprovada.

Finalmente, a srta. Leeson chegou ao seu sótão. Estava fraca demais para acender a luz e tirar a roupa. Desabou sobre a cama de ferro, seu frágil corpo mal conseguindo ocupar os vazios deixados pelas molas gastas e afundadas. E, naquele Érebo[4] do sótão, ela lentamente ergueu os pesados cílios e sorriu. Lá estava Billy Jackson, brilhando para ela diretamente através do vidro, de maneira calma, clara e constante. Não existia mais o mundo ao seu redor, afundada num fosso de escuridão coberto por aquele pequeno quadrado transparente, emoldurando de luz a estrela que ela havia tão caprichosa e, pena, tão inutilmente batizado. Sim, a srta. Longnecker devia estar certa; era Gamma, da constelação Cassiopeia, e não Billy Jackson. Ainda assim, ela não podia consentir que fosse Gamma.

Deitada de costas, por duas vezes tentou levantar o braço. Na terceira vez, trouxe dois dedos finos até seus lábios e mandou um beijo de despedida para Billy Jackson, de dentro de seu buraco negro. Seu braço sem força caiu de volta. "Adeus, Billy", num murmúrio quase inaudível. "Você está a milhões de quilômetros e não piscou uma vez sequer. Mas se manteve numa posição em que pude ver a maior parte do tempo, quando nada mais havia para ver na escuridão, certo?... milhões de quilômetros... Adeus, Billy Jackson."

---

[4]Região escura abaixo da Terra e acima do inferno (mitologia grega). [N.T.]

PARTE 5

No dia seguinte, Clara, a empregada negra, encontrou o quarto trancado às dez horas da manhã. Arrombaram a porta. Nada do que foi providenciado surtiu efeito — vinagre, tapas nos pulsos, fumaça de penas queimadas. Aí alguém correu ao telefone para chamar uma ambulância.

No devido tempo, à porta da rua com ruído apressado de gongo,[5] um jovem e capacitado médico com seu casaco de linho branco, ativo, pronto, confiante, com seu rosto liso, meio-charmoso e meio-rígido, subiu aos saltos os degraus.

"Chamado de ambulância para o número 49", falou rapidamente. "Qual é o problema?"

"Ah, sim, doutor", suspirou a sra. Parker, falando como se o maior problema fosse ter problema na sua casa. "Não consigo imaginar o que aconteceu com ela. Nada do que fizemos para acordá-la adiantou. Ela é jovem, acho que seu nome é Elsie — sim, srta. Elsie Leeson. Nunca antes na minha casa..."

"Qual é o quarto?", gritou o médico com uma voz terrível, de um jeito que a sra. Parker não estava acostumada a ouvir.

"O sótão. Ele..."

Evidentemente, o jovem médico estava acostumado a localizar sótãos. Saiu em disparada pelas escadas, subindo os degraus de quatro em quatro. A sra. Parker, que o seguia, subia vagarosamente, como exigia sua dignidade.

---

[5]Prato de metal que, quando batido por um instrumento, faz ruído. Usado antes da invenção das sirenes elétricas, servia de alerta no trânsito para veículos preferenciais, como ambulâncias, viaturas policiais e bombeiros. [N.T.]

O SÓTÃO

Mal chegou ao primeiro andar e já o encontrou descendo com a astrônoma desacordada em seus braços. Ele parou e, falando em voz baixa para a sra. Parker, soltou a língua experimentada e afiada como um bisturi. Aos poucos, a arrogância da sra. Parker foi se esvanecendo, e ela foi murchando, como murcha uma roupa pendurada num prego na parede. Mesmo mais tarde, depois de passado o incidente, ficaram marcas em seu corpo e sua mente. Seus inquilinos nunca descobriram, mas ficavam às vezes muito curiosos sobre o que teria dito o jovem doutor à sra. Parker. "Deixe estar", ela respondia. "Se eu obtiver perdão por ter ouvido o que ouvi, estarei satisfeita."

O médico da ambulância caminhava a passos largos com sua carga através da multidão — que mais parecia uma matilha de cães de caça, numa perseguição gerada pela curiosidade, mas que depois recuava com sentimento de medo, uma vez que o olhar do médico era de quem conduzia seus próprios mortos.

Eles notaram em seguida que o médico não deitou a paciente na cama da ambulância, e sim que a levou no colo, e tudo o que ele dizia era: "Corra como o diabo, Wilson!", para o motorista.

FINAL

Isso é tudo, leitor ou leitora. E o resto da história? No jornal da manhã do dia seguinte, eu vi uma minúscula notícia, e sua última frase pode lhe ajudar (como me ajudou) a juntar os incidentes ocorridos.

A notícia descrevia a chegada, ao Hospital Bellevue, de uma jovem que havia sido removida de uma casa de número 49 numa rua do lado leste, sofrendo de debilidade decorrente de desnutrição. Conclui então com as seguintes palavras:

"O dr. William Jackson, o médico da ambulância que atendeu o caso, disse que a paciente vai se recuperar."

O CLIENTE DA
CIDADE DOS CACTOS

PARTE 1

Ainda bem que não se pega febre do feno e resfriado na saudável região da Cidade dos Cactos, Texas, pois o empório de mercadorias secas Navarro & Platt, aqui situado, não é lugar para espirros.

Os 20 mil habitantes na Cidade dos Cactos são mão-aberta com suas moedas de prata na hora de adquirir as coisas que seus corações desejam. Com isso, o grosso do precioso metal vai parar nos cofres da Navarro & Platt. Seu enorme edifício de tijolos aparentes cobre uma superfície que daria para uma dúzia de carneiros pastarem. Eles têm para vender desde gravatas de couro de cascavel até automóveis, passando por casacos de couro curtido para senhoras por 85 dólares cada, última moda em vinte diferentes tonalidades. Navarro & Platt foi o primeiro a introduzir moedas de um centavo[1] a oeste do Rio Colorado. Eles haviam sido rancheiros; porém, com cabeça de empresários, viram que o mundo não acabava necessariamente no final do seu gramado para pasto.

Todos os anos na primavera, Navarro, o sócio mais velho — metade hispânico, cosmopolita, idôneo, educado —, agora com 55 anos, ia a Nova York para adquirir mercadorias. Contudo, este ano ele recuou da ideia de percorrer

---

[1]Moeda denominada *penny*, produzida em cobre, com a efígie de Abraham Lincoln. [N.T.]

O CLIENTE DA CIDADE DOS CACTOS

a longa trajetória. Ele estava ficando, sem dúvida, mais velho; e olhava seu relógio várias vezes ao dia, antevendo a hora da sesta.

"John," disse ele ao seu jovem sócio, "desta vez, você vai a Nova York comprar as mercadorias."

John Platt parecia cansado. "Disseram-me que Nova York é uma cidade completamente morta, sem diversão. Mas eu irei, sim. E no caminho pararei em San Antonio por alguns dias para agitar um pouco."

PARTE 2

Duas semanas depois, um homem trajando um costume completo do Texas — casaco preto longo, chapéu branco de abas, colarinho de dez centímetros de altura, corrente de pescoço preta — entrou no estabelecimento Zizzbaum & Filho, atacadista de casacos e vestidos, localizado na baixa Broadway.

O velho Zizzbaum tinha olhos de águia pescadora, memória de elefante, e mente que se desdobrava rapidamente em vários movimentos interligados, como régua de carpinteiro. Assim que viu Platt, ele deslizou para a entrada da loja, como um urso polar sobre o gelo, e apertou sua mão.

"Como vai o sr. Navarro?", perguntou. "A viagem ia ser muito cansativa para ele este ano, não ia? Nós então damos boas vindas ao sr. Platt."

"Um tiro certeiro!", disse Platt. "E eu seria capaz de lhe dar quinze hectares de terras não irrigadas no condado de Pecos para saber como o senhor descobriu."

"Eu sabia," disse Zizzbaum, "como eu sei que o índice pluviométrico em El Paso este ano foi de 720 milímetros, ou seja, houve um acréscimo de 380 milímetros, e que portanto Navarro & Platt este ano vão adquirir 15 mil dólares de vestidos, ao invés dos 10 mil dólares do ano passado, mais seco. Mas isso vai ficar para amanhã. Eu tenho um charuto legítimo em meu escritório, que vai remover da sua boca o gosto dos charutos que vocês trazem contrabandeados através do Rio Grande e arredores — porque eles são contrabandeados."

A tarde já estava no final, os negócios do dia já estavam encerrados quando Zizzbaum saiu de sua sala, deixando Platt com um charuto fumado pela metade, e foi à sala do filho, que estava ajustando seu prendedor de cachecol de diamante diante do espelho, pronto para sair.

"Abey," disse ele, "você vai ter que levar o sr. Platt hoje à noite para dar uma volta pela cidade, para mostrar-lhe algumas coisas. Eles são nossos clientes há dez anos. O sr. Navarro e eu jogávamos xadrez nas horas vagas quando ele vinha. Isso é bom, mas o sr. Platt é jovem e esta é sua primeira visita a Nova York. Ele não terá dificuldade de se entreter."

"Está certo", disse Abey, atarraxando firmemente o pino ao prendedor. "Vou levá-lo. Depois que ele tiver visto o Flatiron,[2] o *maître* do hotel Astor e ouvido o gramofone tocar "Sob a velha macieira", serão 22h30, e o senhor Texas estará pronto para entrar debaixo do cobertor. Eu terei um jantar às 23h30, mas ele estará aos cuidados da sra. Winslow antes disso."

PARTE 3

Na manhã seguinte às dez, Platt entrou na loja pronto para fazer negócios. Ele tinha um maço de jacintos presos à lapela. Zizzbaum estava aguardando-o. Navarro & Platt eram bons clientes e nunca falhavam em pleitear e receber desconto para pagamento à vista.

[2]Edifício construído em 1902, então o mais alto de Nova York. [N.T.]

O CLIENTE DA CIDADE DOS CACTOS

"O que você achou da nossa cidadezinha?", perguntou Zizzbaum, com o sorriso vaidoso dos habitantes de Manhattan.

"Eu não moraria aqui", disse o texano. "Seu filho e eu andamos um bocado ontem à noite. Vocês têm água de boa qualidade, mas a Cidade dos Cactos é mais iluminada."

"Nós temos boa iluminação na Broadway, você não acha, sr. Platt?"

"E muita escuridão", disse Platt. "Acho que do que mais gostei foi dos seus cavalos. Não vi nenhum animal abandonado desde que cheguei à cidade."

Zizzbaum conduziu-o ao andar superior para mostrar os modelos de vestidos.

"Peça para a srta. Asher vir até aqui", ele disse a uma balconista.

A srta. Asher veio, e Platt, da Navarro & Platt, sentiu pela primeira vez a maravilhosa luz clara do romance e da glória descer sobre si. Ele permaneceu imóvel como um rochedo à beira do cânion do Colorado, com olhos arregalados e fixos nela — que notou o seu olhar e corou um pouquinho, o que não era seu costume.

A srta. Asher era a modelo top da Zizzbaum & Filho. Ela era do tipo loiro, de compleição média, e suas medidas eram ainda melhores que as do padrão, 95—63—105. Há dois anos trabalhava na Zizzbaum & Filho e conhecia bem seu negócio. Seus olhos eram brilhantes, porém frios; e se ela tivesse escolhido enfrentar o olhar penetrante desse famoso lagarto do Texas, o fabuloso monstro teria vacilado e se retraído. Não por acaso, ela sabia reconhecer os clientes.

"Agora, sr. Platt," disse Zizzbaum, "quero que você veja estes vestidos longos em tons claros. Serão o grito da

O. HENRY

moda para o seu clima quente. Este primeiro, por favor, srta. Asher."

A modelo rapidamente entrava e saía do quarto de vestir, trajando um costume diferente e, a cada mudança, parecendo mais e mais estonteante. Ela posava com absoluta autoconfiança perante o abalado cliente, que permanecia de língua amarrada e imóvel, enquanto Zizzbaum praticava um discurso bem lubrificado sobre os estilos. O rosto da modelo apresentava um sorriso tênue, impessoal e profissional, que parecia encobrir algo como aborrecimento ou desprezo.

Quando a apresentação terminou, Platt parecia hesitante. Zizzbaum estava um pouco ansioso, temendo a possibilidade de seu cliente estar propenso a procurar outro fornecedor. Mas Platt estava apenas repassando em sua mente os melhores locais da Cidade dos Cactos, tentando escolher um deles para construir uma casa para sua futura esposa, que estava nesse momento no quarto de vestir, tirando um vestido de noite de tule de cor lavanda.

"Não se apresse, sr. Platt; pense com calma essa noite. Você não vai encontrar preços e qualidade iguais aos nossos", disse Zizzbaum. "Acho que você está passando uns dias monótonos em Nova York, sr. Platt. Um jovem como você deve estar sentindo, é claro, falta de companhia feminina. Gostaria de levar uma jovem senhorita para jantar essa noite? A srta. Asher é uma jovem muito agradável para lhe fazer companhia."

"Ora, ela não me conhece", disse Platt, em dúvida. "Ela não sabe nada a meu respeito. Por que ela iria sair comigo?"

"Se ela iria?", repetiu Zizzbaum, de sobrancelhas erguidas. "Claro que iria. Vou lhe apresentar a ela. E claro que ela irá."

O CLIENTE DA CIDADE DOS CACTOS

Ele chamou a srta. Asher em voz alta. Ela veio, calma e levemente insolente, trajando sua blusa branca acinturada e saia preta.

"O sr. Platt gostaria de ter o prazer da sua companhia para jantar essa noite", declarou Zizzbaum, afastando-se em seguida.

"Claro", respondeu a srta. Asher, olhando para o teto. "Terei muito prazer. Meu endereço é Rua Vinte, Oeste, nº 911. A que horas?"

"Digamos às dezenove?"

"Perfeito, mas por favor não se antecipe. Divido espaço com uma professora, e ela não permite que nenhum cavalheiro espere no quarto. Não existe uma sala de visitas, então você terá que esperar no hall de entrada. Mas eu estarei pronta."

PARTE 4

Às 19h30, Platt e a srta. Asher estavam sentados a uma mesa de um restaurante da Broadway. Ela estava usando cor preta opaca. Platt não sabia que isso era parte de seu dia de trabalho.

Com a ajuda discreta de um bom garçom, Platt conseguiu escolher um respeitável jantar, sem as preliminares usuais servidas na Broadway.

A srta. Asher lançou sobre ele um encantador sorriso.

"Posso pedir um aperitivo?"

"Ora, com certeza", respondeu Platt. "O que você quiser."

"Um Martini seco", ela pediu ao garçom.

Quando o copo chegou e foi colocado em frente a ela, Platt pegou-o e afastou para longe.

"O que é isso?", ele perguntou.

"Um aperitivo, é claro."

"Pensei que você houvesse pedido algum tipo de chá. Isso é alcoólico, você não pode beber. Qual é o seu primeiro nome?"

"Para meus amigos íntimos," respondeu a srta. Asher, friamente, "é Helen."

"Ouça, Helen", disse Platt, curvando-se sobre a mesa. "Há muitos anos, a cada vez que as flores desabrocham nas planícies com a chegada da primavera, penso em alguém que nunca conheci ou ouvi falar. Descobri ontem, no primeiro minuto em que a vi, que essa pessoa era você. Voltarei para casa amanhã e você irá comigo. Sei que irá, pois vi nos seus olhos o seu primeiro olhar. Você não precisa contestar, pois tem que aderir a regras predeterminadas. Eis aqui um pequeno mimo que comprei para você ao vir para cá."

Ele estendeu, através da mesa, um anel solitário com um diamante de dois quilates. A srta. Asher empurrou-o de volta com seu garfo.

"Não seja atrevido", ela respondeu com severidade.

"Eu valho cem mil dólares," disse Platt, "construirei para você a mais bela casa do oeste do Texas."

"Você não poderia me comprar, sr. Comprador, se você tivesse cem milhões," respondeu a srta. Asher. "Não pensei que tivesse que repreendê-lo. Você não era parecido com os outros no início, mas já vi que são todos iguais."

"Todos, quem?", perguntou Platt.

"Todos vocês, clientes. Vocês pensam que porque nós, garotas, temos que jantar com vocês ou perdemos nossos empregos, que vocês são privilegiados e podem falar o que querem. Bem, esqueça. Pensei que você fosse diferente dos outros, mas vejo que errei."

O CLIENTE DA CIDADE DOS CACTOS

Platt pressionou seus dedos sobre a mesa com um gesto repentino de inspiradora satisfação.

"Achei!", ele exclamou, quase hilariante. "A casa do Nicholson, no lado norte. Há um grande bosque de carvalhos e um lago natural. A velha casa pode ser demolida e uma nova construída em seu lugar."

"Apague seu fogo", disse a srta. Asher. "Desculpe-me por acordá-lo, mas vocês homens precisam aprender, de uma vez por todas, o seu lugar. Eu sou obrigada a ir a jantares com vocês, ajudá-los a passar o tempo, para que vocês façam negócios com o velho Zizzy. Porém não espere me encontrar dentro de um dos vestidos que você vier a adquirir."

"Você está querendo me dizer," disse Platt, "que você sai desta mesma maneira com outros clientes, e eles — todos eles — falam da mesma maneira que eu?"

"Eles todos fazem propostas", disse a srta. Asher. "Entretanto, devo lhe dizer que você ganhou deles em um aspecto. Em geral, eles apenas falam de diamantes, enquanto você trouxe um de verdade."

"Há quanto tempo você trabalha, Helen?"

"Aprendeu meu nome, não é?! Eu me sustento há oito anos. Trabalhava como caixa embrulhando pacotes, e posteriormente como vendedora de loja até ficar adulta, e então como modelo. Sr. Texas, não acha que um pouco de vinho tornaria este jantar um pouco menos árido?"

"Você não vai beber vinho algum, querida. É terrível pensar como irei à loja amanhã pegar você. Quero que você escolha um automóvel antes de sairmos. Isso é tudo que nós precisaremos comprar aqui."

"Ora, pare com isso. Você não pode imaginar como eu estou enjoada de ouvir este tipo de conversa."

Após o jantar, eles caminharam Broadway abaixo, até o pequeno bosque da Diana.

As árvores do local chamaram a atenção de Platt imediatamente, e ele foi obrigado a se encolher para andar pelo caminho tortuoso por baixo delas. As luzes da rua refletiram duas grandes lágrimas nos olhos da modelo.

"Não gosto disso", disse Platt. "Qual é o problema?"

"Você não se importa", disse a srta. Asher. "Bem, é porque — bem, eu não pensei que você fosse daquela laia quando o vi pela primeira vez. Mas você é. Agora, você me leve para casa, ou vou ter que chamar um policial?"

Platt levou-a para a porta de sua pensão. Eles pararam por um minuto no vestíbulo. Ela o olhou com tanto desprezo em seus olhos que mesmo o duro coração dele, de carvalho, começou a hesitar. Seu braço já abraçava metade da cintura dela, quando ela o esbofeteou no rosto com a mão aberta.

Ele andou para trás e nisso caiu um anel de algum lugar, que fez ruído ao bater nos ladrilhos do assoalho. Platt tateou o piso e encontrou-o.

"Agora, pegue seu diamante inútil e vá, sr. Cliente", disse ela.

"Esse anel é o outro — é a aliança de casamento", disse o texano, segurando na palma da mão o círculo de ouro de superfície lisa.

Os olhos da srta. Asher brilharam sobre Platt na semiescuridão. "Foi isso que você quis dizer? Você…"

Neste momento, abriram a porta de entrada. "Boa noite", disse Platt. "Nos veremos amanhã na loja".

FINAL

A srta. Asher subiu as escadas correndo para o seu quarto, sacudiu a professora até ela acordar e sentar na cama, pronta para berrar "incêndio!"

"Onde é o fogo?", ela gritou.

"É isso que eu quero saber", disse a modelo. "Você estudou geografia, Emma, e deve saber. Onde fica uma cidade chamada Cac — Cac — Carac — Caracas, acho, como dizem?"

"Como você ousa me acordar para perguntar isso?", diz a professora. "Caracas fica na Venezuela, é claro."

"Como é lá?"

"Ora, tem basicamente terremotos, negros, chipanzés, malária e vulcões."

"Ah, eu não me importo", disse a srta. Asher alegremente; "Estou indo para lá amanhã."

HISTÓRIAS DE UMA NOTA ILÍCITA DE DEZ DÓLARES

INTRODUÇÃO

O dinheiro fala. Mas você pode achar que a conversa de uma velha e pequena nota de dez dólares em Nova York não seria nada mais do que um sussurro. Pois muito bem! Pule esta autobiografia em voz baixa de um x[1] vermelho se você quiser. E se você é do tipo que prefere ouvir o rugido do talão de cheques do sr. John D. Rockefeller[2] através de um megafone à medida que ele passa por você, tudo bem. Mas não se esqueça de que as moedas também podem fazer seus comentários aqui e ali. Na próxima vez em que você der uma moeda de um quarto de dólar de prata de gorjeta para subornar o balconista da mercearia a lhe entregar, à custa do patrão dele, um adicional de peso da mercadoria adquirida, leia as quatro palavras "Nós confiamos em Deus" escritas acima da efígie da moeda. Que tal uma réplica?

PARTE 1

Eu sou uma nota de dez dólares, ano 1901. Talvez você já tenha visto alguma nas mãos de um amigo seu. Na mi-

---

[1] As notas de dez dólares, impressas por volta de 1900, eram apelidadas de x por causa da sua estampa com a palavra TEN escrita sobre um grande x. [N.T.]

[2] John Davison Rockefeller (1839—1937): multimilionário norte-americano, magnata do petróleo, um dos homens mais ricos dos EUA em sua época. [N.T.]

HISTÓRIAS DE UMA NOTA ILÍCITA DE DEZ DÓLARES

nha face, bem no centro, está uma reprodução do bisão americano, erroneamente denominado de búfalo por cinquenta ou sessenta milhões de americanos. As fotos do capitão Lewis e do capitão Clark adornam as extremidades da face. Nas minhas costas, está a graciosa figura da Estátua da Liberdade ou Ceres ou Maxine Elliot em pé no centro do palco em uma estufa. Minha referência no Tesouro Americano é "Seção 3.588, Estatutos Revisados". Dez dólares frios e duros — não estou informando se são de prata, ouro, chumbo ou ferro — é o que o Tio Sam vai lhe entregar em mãos por cima do balcão se você quiser me descontar.

Eu imploro que você desculpe qualquer interrupção minha para conversar — grata, eu sabia que você concordaria —, você tem aquele baixo e dissimulado respeito com relação a um x, não tem? Veja, uma nota ilícita não tem muita chance de adquirir uma forma correta de expressão cultural. Eu nunca realmente conheci uma pessoa culta e instruída que pudesse manter uma nota de dez mais tempo do que gastaria o atleta Arthur Duffey[5] para alcançar o mais próximo anúncio do *That's All!*, ou uma *delicatessen*.

Estamos em 1907 e, para os meus seis anos de idade, eu até que tenho tido uma circulação cheia de vida e alegria. Creio que já paguei todos os débitos da vida inteira de um homem. Já fui possuída por muitos tipos de pessoas.

[5]Atleta norte-americano (1879—1955), campeão de corrida dos cem metros rasos, vencedor da Olimpíada de Verão de 1900 em Paris, França. [N.T.]

PARTE 2

Mas um dia, uma velha, amarrotada, úmida e encardida nota de cinco dólares, com certificação de equivalência em prata, causou-me um sobressalto. Nós estávamos juntas no bolso estufado do avental mal cheiroso de um açougueiro.

"Ei, você, Touro Sentado,"[4] eu disse, "não me empurre. De qualquer forma, você não acha que já está na hora de você ir a um posto de recolhimento e ser retirada de circulação? Para uma nota de série 1899, você está com aparência horrível."

"Ora, não seja sarcástica só porque você é um Buffalo Bill",[5] disse a nota de cinco dólares. "Você também estaria um bagaço se passasse o dia todo enfiada em um bolso de algodão grosso, presa por um elástico, dentro de uma loja cuja temperatura nunca fica abaixo de trinta graus."

"Nunca ouvi falar de uma carteira assim", disse a ela. "Quem trouxe você?"

"Uma cliente", respondeu a nota de cinco.

"O que é isso?", tive que perguntar.

"Você só saberá quando milhares delas chegarem", respondeu a de cinco.

Aí uma nota de dois dólares atrás de mim, com o rosto do George Washington, falou para a de cinco:

"Ah! Pare de reclamar. Bolso de algodão não é suficientemente bom para você? Se você estivesse debaixo de tecido de algodão como eu estive o dia todo, sufocada

---

[4]"Sitting Bull", índio norte-americano (1831—1890), morto em confronto com a polícia, estampado na nota de cinco dólares lançada em 1899. [N.T.]

[5]"Buffalo Bill", caçador de bisões, era o apelido de William Frederick Cody (1846—1917), soldado durante a Guerra de Secessão, biscate e *showman*. [N.T.]

HISTÓRIAS DE UMA NOTA ILÍCITA DE DEZ DÓLARES

com a poeira da fábrica onde eu estava, até a senhora que me pegou espirrar cinco ou seis vezes sobre mim, aí você teria razão para reclamar."

Isso foi no dia após eu chegar a Nova York. Eu vim para um banco no Brooklyn num pacote contendo 500 dólares em notas de dez, proveniente de um banco da Pensilvânia — e ainda não tinha feito contato com as notas de cinco e dois dólares no mesmo bolso de algodão. Para mim, tudo tinha sido suave como uma seda o tempo todo até então.

Eu era uma nota de sorte. Não ficava parada. Algumas vezes eu mudava de mãos vinte vezes no mesmo dia. Vi o funcionamento interno de cada negócio; lutei por cada prazer de meus donos. Parecia que nas noites de sábado eu nunca deixava de ser estendida sobre o balcão de um bar. As notas de dez eram sempre estendidas, enquanto que as de um e dois dólares eram passadas aos *barmen* dobradas. Eu desenvolvi o hábito de procurar bebida, e eu manobrava para bebericar um pouco de Martini ou Manhattan, puro ou derramado, sempre que possível.

Porém, uma vez eu fui enfiada em um grande maço de notas engorduradas na calça jeans de um vendedor ambulante. Pensei que nunca mais voltaria a circular, pois o futuro dono de uma loja de departamentos vivia de uma ração de carne de cachorro e cebolas equivalente a oito centavos por dia. Até que um dia esse ambulante arrumou confusão por ter estacionado seu carrinho muito próximo de um cruzamento, e assim eu fui salva. Serei sempre grata ao policial que me pegou. Ele me trocou em uma loja de charutos, próxima à zona de meretrício, onde havia nos fundos uma sala de jogo de azar. Foi então que o capitão do distrito policial, finalmente, me fez a maior virada, ao ganhar a rodada. Ele me esbanjou na noite

O. HENRY

seguinte, trocando-me por vinho em um restaurante da
Broadway; e eu realmente fiquei tão feliz quanto poderia,
por voltar ao brilho como um Astor[6] se sente quando vê
as luzes da Charing Cross.[7] Uma nota de dez dólares certamente se envolve em grande agito na Broadway.

Eu fui, por uma vez, pensão alimentícia; fui dobrada
e acabei dentro de uma minúscula carteira de couro de
cão, com várias moedas de dez centavos. Estas estavam
se gabando dos tempos de agito em Ossining,[8] sempre
circulando na mão de garotas adolescentes durante a temporada de sorvetes.

Por sorte, na hora do corre-corre da temporada das
caras lagostas, aí nós, os bisões, circulamos e nos recusa-
mos a permanecer grudados em imóveis igual argamassa,
enquanto que para as pequenas gorjetas vale a sinalização de trânsito para veículos pesados e lentos, que têm
que permanecer na pista da direita, seguindo as placas de
sinalização.

PARTE 3

A primeira vez que ouvi falar de dinheiro ilícito foi
numa noite em que um sujeito com seu furgão fechado
de entregas me atirou, juntamente com outras notas, para
comprar uma pilha de uniformes.

Por volta de meia-noite, um homem grande e tran-
quilo, com o rosto cheio de um monge e o olhar de um faxineiro cujo salário foi reajustado, me recolheu com mui-

---

[6]William Waldorf Astor (1848—1919): multimilionário nova-iorquino,
que sofreu ameaças de sequestro em Nova York e resolveu mudar-se em
definitivo para Londres, de onde nunca mais voltou para morar nos EUA.
[N.T.]
[7]Cruzamento no centro de Londres. [N.T.]
[8]Pequena cidade próxima a Nova York. [N.T.]

HISTÓRIAS DE UMA NOTA ILÍCITA DE DEZ DÓLARES

tas outras notas e enrolou a gente numa espécie de maço de notas, usado por traficantes.

"Credite-me quinhentos dólares", disse ao banqueiro, "e fique atento a tudo, Charlie. Vou sair para uma caminhada pelo vale, antes que a luz do luar desapareça da borda do precipício. Se alguém me pegar, há 60 mil dólares enrolados em uma folha de jornal no canto superior esquerdo do cofre. Seja corajoso; em qualquer lugar, seja corajoso, mas não seja pego de surpresa. Boa noite."

Eu me vi entre duas notas de vinte dólares, conversíveis em ouro. Uma delas me falou: "Oi, chifre curto, hoje você está com sorte. Nesta noite, vai conhecer um pouco da vida. O velho Jack vai fazer o filé parecer um bife de hambúrguer."

"Explique melhor. Eu estou acostumada a restaurantes, mas não curto o filé mignon com molho que servem por aí."

"Desculpe," retrucou a nota de vinte, "o velho Jack é o dono deste cassino. Ele vai sair por aí esta noite porque ele ofereceu 50 mil dólares a uma igreja, que se recusou a aceitar alegando que é dinheiro ilícito."

"O que é uma igreja?", perguntei.

"Ah, esqueci que estou falando com uma nota de dez", respondeu a nota de vinte. "É claro que você não sabe. Você é muito para ser doada na coleta, mas é pouco para comprar qualquer bugiganga no bazar. Igreja é um edifício grande onde se vendem mata-borrões[9] e panos bordados por vinte dólares cada."

Eu não ligo muito para conversa com notas de vinte

---

[9]Objeto com formato de meia-lua, feito em madeira e papel absorvente, usado antigamente para absorver excesso de tinta de caneta após a escrita. Daí o nome característico. [N.T.]

certificadas em ouro. Há um traço de esnobismo nelas. Mas nem tudo o que reluz é ouro.

O velho Jack era certamente um bom camarada, de ouro. Quando chegava sua vez de dar gorjeta, ele cuidadosamente nunca indicava um contabilista[10] a um garçom.

Aos poucos, espalhou-se o boato de que ele estava, como Moisés no deserto com o povo de Israel, fazendo jorrar água de pedra; e assim, ao longo de toda a Broadway, seres com narizes gelados e gargantas quentes caíam no nosso trajeto. O "Terceiro Livro da Selva" estava lá, aguardando que alguém bancasse o custo de sua capa.

O dinheiro do velho Jack podia ter algo de ilícito, mas ao mesmo tempo tinha muitos interessados, como se fosse um saboroso queijo Camembert. Primeiramente foram seus amigos a se agrupar à sua volta; depois foram os amigos dos amigos; e então alguns inimigos enfiaram a faquinha de cortar queijo; e por fim ele estava comprando *souvenirs* para tantas virgens pescadoras napolitanas e octetos de poemas de borboleta que os *maîtres* estavam telefonando a toda a cidade à procura de Julian Mitchell,[11] para que fizesse o favor de vir e estabelecer alguma ordem no local.

Por fim, fomos parar num café na periferia que eu já conhecia de cor. Quando a turma do sindicato dos carregadores de tijolos, vestidos com jaquetas e aventais, nos viu entrando, o principal chutador de pênaltis começou a ordenar "seis — onze — quarenta e dois — dezenove — doze" para seus homens, e eles colocaram seus protetores

[10]Profissional de contabilidade; aqui tem o sentido de "contar e economizar centavos", como são apelidados esses profissionais, por força de seu trabalho. [N.T.]

[11]Julian Mitchell (1854–1926) foi diretor, coreógrafo e produtor de musicais da Broadway. [N.T.]

HISTÓRIAS DE UMA NOTA ILÍCITA DE DEZ DÓLARES

faciais[12] até ficar esclarecido se estávamos nos referindo a Port Arthur[13] ou Portsmouth.[14] Entretanto, esta noite o velho Jack não estava trabalhando para fabricantes de móveis e vidros. Ele sentou quietamente e cantou "Ramble" em tom morno. Estava magoado, disse-me a nota de vinte dólares, por causa da recusa do pároco em aceitar sua doação.

Mas a festa não parou; e o próprio Brady não poderia ter forçado a multidão sedenta a uma melhor imitação do real pendor pelo produto que é entornado de uma garrafa de vidro desarrolhada.

O velho Jack pagou uma rodada com a nota de vinte acima de mim; e assim eu fiquei em primeiro plano no seu maço de notas. Ele colocou o maço sobre a mesa e mandou chamar o proprietário da casa.

"Mike," disse ele, "aqui tem dinheiro que os bons samaritanos se recusaram a receber. Será que dá para comprar suas mercadorias em nome do demônio? Dizem que este dinheiro é ilícito."

"Claro que sim," respondeu Mike, "e vou guardá-lo próximo às contas que paguei pelos beijos da filha do pároco na quermesse da igreja, em prol da construção da nova ala com os aposentos para ela morar."

A uma hora da madrugada, quando os funcionários do restaurante estavam se preparando para fechar as portas e continuar funcionando internamente, uma mulher entrou furtivamente pela porta e se aproximou da mesa do velho Jack. Você já viu este tipo: xale preto, cabelo

---

[12]Capacetes usados em posição de defesa no jogo de rúgbi, para proteção do rosto. [N.T.]

[13]Base militar na Manchúria/China, onde em 1905 as tropas japonesas foram massacradas pelas tropas russas. [N.T.]

[14]Time inglês de futebol, fundado em 1898 na cidade de Portsmouth, Inglaterra. [N.T.]

O. HENRY

arrepiado, blusa maltrapilha, rosto branco, olhos que parecem um cruzamento dos do anjo Gabriel com os de um gatinho doente; é o tipo de mulher que está sempre ligada em algum automóvel ou no comitê da mendicância — ela ficou em pé sem dizer uma palavra, mas de olho no dinheiro.

Aí o velho Jack se levantou, me puxou do maço de notas e me entregou a ela com uma reverência.

"Madame," ele disse, tal como os atores que vi representar, "aqui está uma nota ilícita. Eu sou jogador. Essa nota chegou a mim esta noite através do filho de um amigo. Onde ele a conseguiu eu não sei. Se a senhora fizer o favor de aceitá-la, será sua."

A mulher me pegou com a mão tremendo.

"Senhor," ela respondeu, "contei e separei milhares dessas notas para despachar quando elas eram virgens, recém-saídas das prensas da gráfica. Eu era funcionária do Departamento do Tesouro. Havia um oficial a quem eu devia meu emprego. O senhor disse que essa nota agora é ilícita. Se o senhor soubesse... mas não vou dizer mais nada. Agradeço de todo coração, senhor. Obrigado. Obrigado."

Agora, para onde você acha que a mulher me levou numa pressa, quase correndo? Para uma padaria, ora. Longe do velho Jack e divertindo-se numa padaria. E com isso eu fui trocada por uma dúzia de pães e uma fatia de um bolo com gelatina, tão grande quanto uma roda d'água; por fim, ela saiu levando suas compras com as notas e moedas que recebeu de troco, para uma caminhada de trinta quilômetros, como as longas viagens do general Sheridan.[15]

---

[15]Philip Sheridan (1831—1888), general norte-americano, andou por uma

HISTÓRIAS DE UMA NOTA ILÍCITA DE DEZ DÓLARES

É claro que naquela noite eu perdi de vista as outras notas e moedas, pois fiquei enfurnada naquela padaria, perguntando a mim mesma se eu seria trocada na farmácia no dia seguinte na compra de algum sulfato adstringente, ou se seria usada para pagar um serviço de construção.

FINAL

Uma semana mais tarde, trombei com uma das notas de um dólar que o padeiro havia dado para a mulher como troco.

"Ei, E35039669," disse para ela, "você não estava no meu troco naquela noite de sábado na padaria?"

"Sim", respondeu a solitária, em seu estilo livre e direto.

"O que aconteceu depois que vocês se foram?", perguntei.

"Ela trocou a E17051431 por centavos e um bife", respondeu a nota de um dólar. "E eu fiquei com ela até o dia em que apareceu o homem do aluguel. Era um quarto de gente ociosa, com uma criança enferma. Você deveria tê-lo visto pegar o pão e tintura de formaldeído. Acho que estava meio morto de fome. Aí ela começou a orar. Não fique encucada, nota de dez. Enquanto vocês de dez ouvem uma prece, nós, de um dólar, ouvimos dez preces. Ela falou alguma coisa sobre dar para os pobres. Ah, chega de falar de desgraça. Cansei dos tipos que ficam comigo. Eu queria ser grande como vocês, notas ilícitas, para poder transitar pela alta sociedade."

"Ah, cale a boca", respondi. "Não existe isso. Conheço a história toda. Há um ditado qualquer sobre emprestar a

boa parte do território dos Estados Unidos comandando diversas batalhas e, na Europa, em 1870, durante a guerra Franco-Prussiana. [N.T.]

Deus quem dá aos pobres. Agora, olhe nas minhas costas e diga o que você está lendo."

"Essa nota tem valor legal e líquido de valor de face para qualquer débito público ou privado."

"Está vendo?! Sou perfeitamente legal! Essa história de dinheiro ilícito já me cansou", respondi.

O POLICIAL E O HINO DA IGREJA

PARTE 1

Sentado em seu banco na praça Madison, Soapy[1] movimentava-se incomodado.

Quando os gansos selvagens grasnam nos céus; quando as senhoras que não têm casaco de pele começam a tratar bem os seus maridos; e quando Soapy se mexe inquieto no banco do parque, pode ter certeza de que o inverno está chegando.

Uma folha seca caiu no colo de Soapy. Era o cartão de visita do Homem do Gelo. Esse é gentil com os moradores do parque, avisando sua chegada anual com bastante antecedência. Nos cruzamentos de quatro ruas, ele entrega seus cartões ao Vento Norte — empregado da mansão de todos os sem-teto — para que seus moradores possam se preparar a tempo.

A mente de Soapy conscientizou-se do fato de que havia chegado o momento de se alistar em um Comitê Único de Maneiras e Modos de se precaver contra os rigores do frio. E por tal razão, ele estava ficando apreensivo, sentado em seu banco.

As suas ambições hibernatórias não eram das mais grandiosas. Não havia previsões de cruzeiros marítimos no Mar Mediterrâneo e céus soporíficos do sul, navegando pela baía do Vesúvio. Sua alma ambicionava ape-

---

[1]*Soapy*: ensebado, sujo. [N.T.]

O POLICIAL E O HINO DA IGREJA

nas três meses de permanência na Ilha de Blackwell.[2] Três meses de cama e comida garantidas, em companhia compatível, a salvo de ventos Bóreas[3] e fardas azuis, pareciam a Soapy a essência do desejável. Havia anos que o hospitaleiro Presídio de Blackwell[4] vinha sendo seu alojamento de inverno.

Da mesma forma que seus mais afortunados conterrâneos nova-iorquinos a cada inverno adquiriam suas passagens para Palm Beach ou para a Riviera Francesa, o mesmo fazia Soapy com seus humildes arranjos para sua hégira[5] na Ilha.

Chegara a hora. Na noite anterior, três jornais sabáticos — espalhados por baixo de seu casaco, em volta de suas ancas e sobre seu colo — não foram suficientes para repelir o frio quando ele dormia em seu banco próximo à fonte jorrante, em meio à velha praça.

Assim, a Ilha crescia em tamanho e oportunidade na mente de Soapy. Ele desdenhava as provisões feitas pela cidade, em nome da caridade, para os desafortunados. Na opinião de Soapy, a lei era mais benigna do que a filantropia. Havia um incontável número de instituições, tanto municipais quanto particulares, onde ele poderia buscar e receber abrigo e comida simples. Porém, para alguém de espírito orgulhoso como Soapy, presentes de caridade são embaraçosos. Quando não em dinheiro, tem-se que pagar em humilhação de espírito cada benefício recebido das palmas das mãos da filantropia. Assim como César teve seu Brutus, cada cama da caridade tem como preço o banho obrigatório, cada fatia de pão tem por custo uma

---

[2]Localizada no East River, em Nova York, atualmente denominada Roosevelt Island. [N.T.]

[3]Vento do norte. [N.T.]

[4]Presídio na ilha de mesmo nome. Sua história remonta a 1832. [N.T.]

[5]Longa viagem para escapar de uma situação indesejável. [N.T.]

O. HENRY

inquisição sobre a vida privada e pessoal. Razão pela qual é melhor ser um hóspede da lei, a qual, embora conduzida por regras, não se imiscui indevidamente na vida particular do cidadão.

PARTE 2

Soapy, tendo decidido ir para a Ilha, começou imediatamente a arquitetar um plano de ação. Havia diversas maneiras de realizar esse intento. A mais prazerosa era jantar em grande estilo em algum restaurante caro; e então, após declarar insolvência, ser entregue em silêncio e sem tumulto a um policial. Um magistrado conciliador faria o resto.

Pulou do seu banco, saiu da praça, atravessou o mar de asfalto e foi perambular onde a Broadway e a Quinta Avenida se juntam. Ao subir a Broadway, deparou com uma cafeteria iluminada, onde à noite se misturavam os mais refinados produtos da uva, da seda e do protoplasma.[6]

Soapy tinha confiança em si mesmo e em suas roupas, do botão mais baixo ao mais alto. Ele estava barbeado, seu sobretudo estava com aparência decente, sua camisa e gravata preta em bom estado haviam sido dadas por uma senhora missionária no dia de Ação de Graças.

Se ele conseguisse sentar-se a uma mesa sem levantar suspeitas, seu sucesso estaria garantido. A metade dele que estaria visível acima da mesa não geraria dúvidas na mente do garçom. Um assado de pato selvagem, pensou Soapy, seria o máximo, acompanhado de queijo Camembert e uma garrafa de Chablis; por fim, um café e um charuto. Um dólar por um charuto seria suficiente. O valor

---

[6]Substância que compõe as células de seres vivos. [N.T.]

O POLICIAL E O HINO DA IGREJA

total não seria exageradamente alto para gerar manifestação de retaliação por parte da gerência da casa; e ainda a refeição serviria para deixá-lo bem alimentado e feliz para sua jornada ao seu iminente refúgio de inverno.

No entanto, assim que Soapy pisou no restaurante, o *maître*, com seu olhar aguçado, notou sua calça velha e seus sapatos decadentes. Mãos fortes e rápidas fizeram-no virar para a porta de saída e conduziram-no silenciosa e apressadamente para a rua, evitando o desprezível final do pato selvagem em perigo.

Soapy desistiu da Broadway. Parecia que sua rota para a cobiçada Ilha não seria através da gastronomia. Outra maneira de entrar no limbo teria que ser pensada.

Em uma esquina da Sexta Avenida, Soapy passou por uma loja com luzes acesas e mercadorias expostas organizadamente atrás de uma vitrine. Ele achou uma pedra de calçamento da rua e atirou na vidraça. Pessoas ouviram o barulho e correram para a loja, com um policial na sua dianteira. Soapy ficou parado em pé, com as mãos nos bolsos, e sorria vendo os botões de latão.

"Onde está o homem que fez aquilo?", perguntou o policial a Soapy.

"Não lhe ocorre que possa ter sido eu mesmo?", respondeu Soapy; não sem uma ponta de sarcasmo, porém amistosamente, como quem dá boas-vindas à boa sorte.

A mente do policial se recusou a cogitar até mesmo a hipótese de suspeita. Homens que destroem vidraças não ficam parados para conferenciar com os guardiões da lei. Eles giram sobre os calcanhares e correm. Neste momento, o policial viu um homem em disparada para pegar um bonde. Com o cassetete na mão, ele saiu em sua perseguição. Soapy, com desgosto no coração pelas duas tentativas sem sucesso, continuou sua vadiagem.

O. HENRY

No outro lado da rua, havia um restaurante sem maiores pretensões, próprio para grandes apetites e modestos recursos. Tanto sua louça de barro quanto sua atmosfera eram pesadas, enquanto que suas sopas e toalhas de mesa eram ralas. Para esse lugar, Soapy resolveu levar, sem desafios, seus sapatos e sua calça reveladores de sua situação. Sentou-se a uma mesa e consumiu um bife com panquecas, roscas e torta. E aí então, ao garçom ele revelou o fato de que não havia nenhuma familiaridade entre ele e qualquer moeda, por menor que fosse.

"Agora, mexa-se e procure um policial," disse Soapy, "não deixe um cavalheiro esperando."

"Nada de polícia para você," disse o garçom com voz mole como um bolo de manteiga e os olhos vermelhos como uma cereja de aperitivo. "Ei, Con!", ele chamou o outro garçom.

Assim, os dois garçons empurraram Soapy para o meio da rua, que caiu deitado sobre a orelha esquerda no pavimento áspero. Ele se levantou, junta por junta, esticando como uma régua dobrável de carpinteiro, e bateu a poeira de sua roupa.

Mais uma vez, sua detenção foi apenas um sonho otimista. A Ilha ainda parecia muito distante. Um policial em pé na frente de uma farmácia duas lojas adiante riu de Soapy e saiu andando em sentido contrário.

Soapy andou mais cinco quarteirões antes de tomar coragem para nova investida rumo à sua detenção. Desta vez, a oportunidade se apresentou como ele mesmo orgulhosamente denominou de "barbada". Uma moça de aparência simples e agradável estava diante de uma vitrine observando, com jovial interesse, os canecos para pincel de barba e os tinteiros. A dois metros da vitrine, um enorme policial com aspecto severo estava encostado em um hidrante de incêndio.

O plano de Soapy era assumir o papel de vilão e conquistador execrável. A aparência elegante e refinada de sua futura vítima, e a proximidade física do policial consciente de seu dever, encorajaram-no a acreditar que logo sentiria o tão sonhado aperto oficial no seu braço, que lhe asseguraria o encaminhamento para o "alojamento" de inverno na pequena Ilha.

Soapy ajustou a gravata feita à mão, presente da senhora missionária, esticou os punhos encolhidos de sua camisa, encaixou seu chapéu em inclinação fatal, e andou de lado até a jovem. Ele lançou olhares a ela, deixou-se ter acesso repentino de tosse e pigarro, sorriu afetadamente, e cumpriu descaradamente a petulante e desprezível ladainha de conquistador. Com o canto do olho, Soapy viu que o policial o observava fixamente. A jovem se afastou uns passos, e novamente voltou sua atenção aos canecos. Soapy seguiu-a, e audaciosamente parou ao seu lado, tirou o chapéu e disse:

"Olá, Bedelia, gostaria de vir jogar na minha quadra?"

O policial ainda o estava olhando. À jovem importunada, bastaria gesticular com um dedo que Soapy estaria na rota para seu abrigo na Ilha. Em sua imaginação, ele já podia sentir o aconchegante calor da casa-estação. No entanto, a moça encarou-o e, ao esticar a mão, agarrou a manga de Soapy.

"Claro, Mike," disse ela com alegria, "se você vai me atirar em uma caçamba cheia de espuma de sabão. Eu já teria falado com você, mas o policial estava atento."

Com a jovem desempenhando o papel de planta que sobe aderindo ao tronco da árvore, Soapy saiu de cena

O. HENRY

e passou pelo lado do policial tomado de desânimo. Ele parecia estar condenado à liberdade.

Na esquina seguinte, ele livrou-se de seu companheiro e correu até parar em um distrito onde à noite se encontram os mais alegres endereços, corações, promessas e libretos musicais.

Mulheres vestidas com casacos de peles e homens vestidos com sobretudos transitavam alegremente no ar frio de inverno. Um medo repentino se apossou de Soapy de que algum encantamento maligno o havia tornado imune à detenção. Tal pensamento lhe trouxe certo pânico, e quando ele cruzou com outro policial parado em frente a um luxuoso[7] teatro, imediatamente agarrou a oportunidade de exercer "conduta desordeira".

Na calçada, Soapy começou a gritar termos sem sentido, tal qual um bêbado, no alto de sua voz estridente. Dançava, uivava, rugia, e assim perturbava a paz do local.

O policial girou seu cassetete, virou-se de costas para Soapy e comentou com um cidadão: "É um dos alunos de Yale celebrando a vitória sobre Hartford. Barulhento, porém inofensivo. Temos ordens de não importuná-los."

Desconsolado, Soapy interrompeu seu inútil tumulto. Será que nunca algum policial iria colocar as mãos nele? Em sua imaginação, a Ilha estava se tornando uma Arcádia[8] inatingível. Ele abotoou seu paletó leve para se proteger do vento gelado.

Ao passar por uma tabacaria, ele viu um homem bem vestido acendendo um charuto sob luzes piscantes. Ele

---

[7] O termo original "transplendent" foi inventado por O. Henry, para exagerar no sentido de luxo e requinte. [N.T.]

[8] Na mitologia grega, um local ideal para morar. [N.T.]

havia deixado seu guarda-chuva de seda na porta ao entrar. Soapy adentrou a loja, pegou o guarda-chuva e saiu com ele vagarosamente. O homem saiu atrás dele apressadamente.

"Meu guarda-chuva", ele falou com firmeza.

"Ah, é?!", zombou Soapy, adicionando afronta a este pequeno roubo. "Então, por que você não chama a polícia? Eu peguei seu guarda-chuva! Chame um policial; ali na esquina tem um."

O dono do guarda-chuva desacelerou seus passos. Soapy fez o mesmo, com um pressentimento de que a sorte estaria contra ele novamente. O policial observava os dois com curiosidade.

"Com certeza," afirmou o homem, "isto eh, eh, bem, o senhor sabe que erros acontecem; eu, eh, se o guarda-chuva é seu, peço desculpas. Peguei-o esta manhã em um restaurante. Se o senhor reconhecê-lo como seu, ora, espero que sim..."

"Claro que é meu", respondeu Soapy, perversamente.

O ex-dono do guarda-chuva se retraiu. E o policial correu para dar cobertura a uma loira alta, no outro lado da rua, trajando um longo casaco de peles, parada num ponto de embarque, pronta a subir em um bonde que ainda estava a duas quadras de distância.

Soapy caminhou para o leste da cidade através de uma rua em obras. Ele atirou com raiva o guarda-chuva dentro de uma escavação. Praguejou contra os homens que usam capacetes e carregam cassetetes. Enquanto Soapy queria ser preso com algemas, eles pareciam vê-lo como um rei que não poderia fazer nada errado.

FINAL

Por fim, Soapy atingiu uma das avenidas do lado leste, onde o brilho e o agito eram a regra. Ele passou direto, sem olhar, em direção à sua praça Madison, uma vez que o instinto de moradia existe mesmo para quem tem, como lar, um banco da praça.

Entretanto, antes de chegar à praça, Soapy parou em uma esquina de uma região muito tranquila, onde havia uma igreja muito antiga, graciosa, de formato arquitetônico pouco comum e telhado triangular. Através de uma janela com vitral de cor violeta, brilhava uma luz suave, de onde se ouvia o organista ensaiando nas teclas do órgão, preparando-se para o hino do culto do próximo domingo. Pois então, os suaves acordes musicais fluindo para os ouvidos de Soapy fizeram-no permanecer imobilizado, agarrado às curvaturas artísticas da grade de ferro da igreja, parecendo que iria saltar para dentro do prédio.

A lua no céu brilhava cheia e serena; veículos e pedestres eram poucos; pardais gorjeavam sonolentamente nos beirais dos telhados. Essa cena poderia perfeitamente bem estar acontecendo em uma igreja no interior. E o hino que o organista tocava fazia Soapy ficar ainda mais agarrado à grade da igreja, sem sequer perceber sua posição estranha, trazendo lembranças do tempo em que sua vida continha coisas como mães e rosas e ambições e amigos, assim como pensamentos e colarinhos imaculados.

A conjunção do estado mental receptivo e as influências geradas pela velha igreja provocaram uma repentina e maravilhosa mudança na alma de Soapy. Ele visualizou com ligeiro horror o buraco em que se afundou, o período de degradação, desejos sem valor, esperanças mortas, aptidões destruídas e motivos fundamentais que construíram sua existência.

E, da mesma forma, em um minuto seu coração respondeu de maneira comovente a este novo astral. Um impulso forte e instantâneo moveu-o a batalhar por seu desesperador destino. Ele sairia do atoleiro; faria de si novamente um homem; dominaria o demônio que dele se apossara. Havia tempo; ele ainda era relativamente jovem; ressuscitaria suas antigas e ansiosas ambições e as perseguiria sem falta. Aquelas notas solenes porém doces, vindas do órgão da igreja, haviam gerado uma revolução dentro dele. Amanhã ele iria ao barulhento centro da cidade para procurar trabalho. Um importador de peles havia uma vez oferecido um emprego de condutor de veículos. Ele iria procurá-lo amanhã e pleitear a posição. Ele seria novamente alguém. Ele seria...

Soapy de repente sentiu uma mão forte no seu braço. Olhou para o lado e viu o rosto largo do policial.

"O que você está fazendo aqui?", perguntou-lhe.

"Nada", respondeu Soapy.

"Então venha comigo", disse o policial.

"Três meses na ilha", determinou o Magistrado na corte de polícia na manhã do dia seguinte.

UMA QUESTÃO DE ALTITUDE INADEQUADA

PARTE 1

Durante um determinado inverno, a Companhia Alcazar de Ópera de Nova Orleans realizou uma turnê especulativa pela costa do México, América Central e América do Sul. A empreitada provou ter sido de extremo sucesso. Os impressionáveis hispano-americanos amantes da música inundaram a companhia com dólares e "bravos". Assim, o gerente da companhia tornou-se próspero e afável, e quase foi persuadido a elevar os salários de toda a equipe da companhia quando, num momento não apropriado, deixou desabrochar a distinta flor de sua prosperidade — ao usar o rico sobretudo de pele de animal, entrelaçado, emoldurado e opulento. Entretanto com, um vigoroso esforço, venceu o impulso em direção a tal efervescência não lucrativa de alegria.

Em Macuto, na costa da Venezuela, a companhia registrou seu mais grandioso sucesso. Imagine "Coney Island" — a ilha de Nova York com seu enorme parque de diversões — traduzida para o espanhol, e você entenderá o que é Macuto, onde a alta estação vai de novembro a março. Vindos de La Guayra, Caracas, Valencia e outras cidades do interior, turistas afluem para a temporada de férias. Isso inclui banhos de mar, festas, touradas e escândalos. E então as pessoas desenvolvem uma relação passional com a música, que as bandas locais da praça e da praia agitam, mas não satisfazem. A chegada da Compa-

UMA QUESTÃO DE ALTITUDE INADEQUADA

nhia Alcazar de Ópera despertou o mais extremado ardor e zelo entre os perseguidores do prazer.

O ilustre Guzmán Blanco, presidente e ditador da Venezuela, hospedou-se com sua corte em Macuto para a temporada. O poderoso governante — que pagava pessoalmente um subsídio anual de 40 mil pesos para a Grande Ópera de Caracas — determinou que um dos galpões do governo fosse transformado em teatro temporário. Um palco foi imediatamente construído e bancos rústicos de madeira foram produzidos para a plateia. Camarotes privados foram montados para uso do presidente e de seus notáveis do exército e do governo.

A Companhia permaneceu em Macuto durante duas semanas. Cada apresentação sua lotava o teatro, quase até onde fosse possível colocar gente. Então o público, enlouquecido pela música, brigava dentro do teatro por espaço junto às janelas e portas abertas, e se apinhava às centenas do lado de fora. Tais audiências formavam uma colcha de retalhos de cores brilhantemente diversificadas. As nuances das suas faces variavam — do tom oliva claro dos espanhóis de puro sangue aos matizes amarelados e morenos dos mestiços, passando ao preto-carvão dos negros caribenhos e da Jamaica. Dispersos entre eles, havia alguns grupos de índios com semblantes duros como esculturas de pedra, enrolados em vistosos cobertores de fibra trançada, os quais vieram dos estados montanhosos de Zamora, Los Andes e Miranda para comercializar seu pó de ouro nas cidades costeiras.

O fascínio exercido sobre esses cidadãos das montanhas do interior era notável; eles se sentavam petrificados, em êxtase. Nos excitáveis macutianos era claramente visível que, com a língua e as mãos, esforçavam-se ardentemente para evidenciar seu prazer. Entretanto, apenas uma vez o sombrio entusiasmo desses aborígenes se fez perceber.

Durante a rendição de "Fausto" — ópera de Charles Gounod[1] — o presidente Guzmán Blanco, extravagantemente deliciado com a "Canção das joias" interpretada pelo soprano "Marguerite", atirou ao palco uma bolsa com pepitas de ouro. Outros distintos cidadãos seguiram seu líder a ponto de buscar em seus bolsos todas as moedas perdidas, enquanto algumas das finas e bem vestidas senhoras eram motivadas, por imitação, a atirar uma joia ou um ou dois anéis aos pés de "Marguerite" — que era, de acordo com o script, a *mademoiselle*[2] Nina Giraud. Então, de diferentes pontos da casa se levantaram diversos dos impassíveis habitantes das montanhas e atiraram ao palco pequenos sacos, nas cores marrom e cinza, que batiam no piso fazendo suave ruído abafado e não ricocheteavam. Era, sem dúvida, o prazer ao tributo da sua arte que fazia os olhos de *mlle*.[3] Giraud brilharem tão intensamente quando abria, em seu camarote, aqueles saquinhos feitos de couro de lhama contendo puro ouro em pó. Assim, o prazer era seu de direito, pois sua voz ao interpretar, pura, forte e impactante com o seu conteúdo emocional de artista, merecia o tributo que recebera.

Entretanto, o triunfo da Companhia de Ópera Alcazar não é o tema — ele apenas se apoia e dá o tom. Houve em Macuto uma tragédia, um mistério insolúvel, que moderou por um tempo a alegria da feliz temporada.

---

[1]Compositor francês (1818—1893), escreveu a ópera "A danação de Fausto", cuja apresentação inaugural foi em Paris em 1859. [N.T.]

[2]Senhorita, em francês. [N.T.]

[3]Abreviação de *mademoiselle*. [N.T.]

UMA QUESTÃO DE ALTITUDE INADEQUADA

PARTE 2

Uma noite, entre o crepúsculo do final do dia e a hora em que a personagem principal deveria estar rodopiando no palco, vestida como a ardente Carmem, de vermelho e preto, *mlle*. Nina Giraud desapareceu da vista e da percepção de seis mil pares de olhos e tantas mentes em Macuto. Houve o usual tumulto e pressa em procurá-la. Mensageiros correram para o pequeno hotel francês onde ela se hospedara; outros da companhia aceleraram a busca aqui e ali, onde ela poderia estar relaxando em alguma tenda ou prolongando o banho de sol na praia. Todas as buscas deram em nada. *Mlle*. havia desaparecido.

Meia hora passou e nada. O ditador, desacostumado com os caprichos de uma *prima donna*, ficou impaciente. Ele enviou um adido de seu camarote para avisar o gerente da companhia que, se a cortina não fosse imediatamente aberta, mandaria prender imediatamente toda a companhia — embora ser compelido a tal extremo fosse algo de desolar seu coração.

O gerente abandonou qualquer esperança de encontrar *mlle*. Giraud. Uma participante do coral, que por anos sonhou desesperançosamente em ser a Carmem, rapidamente agarrou a abençoada oportunidade e assim a ópera continuou.

Mais tarde, enquanto a cantora continuava desaparecida, a ajuda das autoridades foi solicitada. O presidente imediatamente colocou o exército, a polícia e a população no seu encalço. Porém, nenhuma pista do seu desaparecimento foi encontrada. Assim, a Companhia Alcazar deixou Macuto e seguiu para outras localidades a fim de cumprir seus outros compromissos contratuais.

Na volta, o navio a vapor ancorou em Macuto e o gerente da companhia saiu ansiosamente à busca de infor-

O. HENRY

mações. Nenhum vestígio da dama foi descoberto. A Companhia Alcazar não tinha mais o que fazer; os objetos pessoais da desaparecida foram deixados no hotel, caso ela reaparecesse, e a companhia de ópera prosseguiu em sua viagem de volta a Nova Orleans.

PARTE 3

No caminho real ao longo da costa da Venezuela, as duas mulas com selim e as quatro mulas de carga do senhor Don Johnny Armstrong, pacientemente esperavam o estalo da chicotada do arreador, Luís. Aquele seria o sinal para o início de mais uma longa jornada através das montanhas. As mulas de carga foram carregadas com uma variedade de utensílios e cutelaria. Esses artigos o sr. Don Johnny trocava, com os índios do interior, por pó de ouro que eles recolhiam em lavagem nos ribeirões andinos e armazenavam em tubos ou saquinhos. Era um negócio lucrativo, e o sr. Armstrong esperava em breve ter recursos para comprar a fazenda de café que ele tanto cobiçava.

Armstrong parou na calçada estreita; trocou seu espanhol falho com o velho Peralto — rico comerciante nativo, que havia acabado de lhe cobrar quatro dinheiros por meia grosa[4] de machadinhas feitas em ferro fundido; depois retomou o inglês simplificado para falar com Rucker — o pequeno cidadão de origem alemã, que era o cônsul dos Estados Unidos na região.

"Leve com o senhor," dizia Peralto, "as bênçãos dos santos em sua jornada."

---

[4]Medida antiga de quantidade, correspondendo a doze dúzias, ou 144 unidades. [N.T.]

UMA QUESTÃO DE ALTITUDE INADEQUADA

"Melhorr tentarr quinino",[5] resmungou o alemão com seu cachimbo na boca. "Tome dois grrãos toda noite ao dorrmirr. E não estenderr muito a viagem, Johnny, pois temos necessidade de você. É infame jogarrr carrtas com Melville no whist[6] e não há como substituirrr você. Adeus, e mantenha seus olhos enttre as orrelhas da mula quando você estiverr cavalgando à beirra do prrecipício."

As sinetas no pescoço da mula de Luís tocaram e o comboio de carga se enfileirou após o som de partida. Armstrong acenou um adeus e tomou seu lugar no final do comboio. Subiram a rua estreita e, no alto, viraram e passaram diante do hotel Inglês — uma construção de madeira de dois andares, onde se hospedaram Ives, Dawson, Richard e os demais da companhia, que agora estavam ociosos na ampla praça em frente, lendo jornais de uma semana antes. Eles se aglomeraram para ver o comboio passar, e gritavam mensagens de despedida — umas amistosas e inteligentes, outras nem tanto. As mulas atravessaram a praça trotando lentamente; passaram diante da estátua de bronze do ditador Guzmán Blanco, guardada por uma cerca construída de baionetas e rifles capturados dos revolucionários; passaram depois pela periferia da cidade, entre fileiras de cabanas com telhados de sapê e bandos de crianças nuas. Aí, eles se embrenharam por um úmido e fresco bananal, e foram desembocar em um ribeirão de águas claras, onde mulheres de pele morena bem escura, em trajes sumários, lavavam roupas nas pedras. A comitiva cruzou o ribeirão, subiu pela outra margem em direção às montanhas, e se despediu desta forma da civilização existente na costa marítima.

[5]Alcalóide extraído de arbustos, usado para fins medicinais contra malária e outras doenças. [N.T.]
[6]Jogo de cartas, antecessor do bridge, com um baralho e quatro parceiros. [N.T.]

O. HENRY

Durante semanas, Armstrong, guiado por Luís, seguiu sua rota pelas montanhas. Depois de juntar uma arroba[7] do precioso metal, representando um lucro de quase cinco mil dólares, era hora de começar a voltar. As mulas, agora bem mais leves, começaram a descer a cordilheira. Quando atingiram a cabeceira do rio Guarico, que jorra de uma fenda numa rocha lateral de uma montanha, Luís parou o comboio.

"A meio-dia de viagem daqui," disse Luís, "está a aldeia de Tacuzama, que nós nunca visitamos. Creio que muitas onças[8] de ouro podem ser encontradas lá. Vale a tentativa."

Armstrong concordou, e eles se prepararam mais uma vez para subir as montanhas — dessa vez em direção a Tacuzama. A trilha era íngreme e estreita, atravessando uma densa floresta. Quando a noite desceu, escura e melancólica, Luís mais uma vez parou o comboio. Diante deles, havia um abismo negro, dividindo em duas a trilha até onde eles podiam ver.

Luís desmontou. "Aqui deveria haver uma ponte", ele afirmou, e percorreu a fenda a pé. "Aqui está", gritou; montou novamente e conduziu o comboio. Ao sair, Armstrong algumas vezes ouviu na escuridão um estrondo abafado, parecido com o de um tambor; eram os cascos das mulas afundando na ponte feita de couro resistente, atada a estacas e estendida através do abismo. Quase um quilômetro adiante, estava Tacuzama. A aldeia era uma congregação de cabanas de pedra e argila, inserida nas profundezas de uma densa e obscura floresta. Assim que entraram na floresta, ouviram um som

[7]Arroba: antiga medida de peso, equivalente a quase quinze quilos. [N.T.]

[8]Medida de peso, muito usada para ouro, correspondendo a 28 gramas. [N.T.]

UMA QUESTÃO DE ALTITUDE INADEQUADA

inconsistente com a solidão meditativa do local. De uma cabana baixa e comprida, feita de pau-a-pique, da qual eles se aproximavam, vinha a gloriosa voz de uma mulher que cantava. A letra era em inglês, e havia algo de familiar para a memória de Armstrong, mas seu conhecimento musical não chegava a tanto.

Ele desceu de sua mula e deslizou furtivamente pela lateral da casa, até uma janela estreita localizada numa extremidade. Olhando cuidadosamente para dentro, ele viu, a apenas um metro de distância, uma linda mulher, de imponente beleza, vestida em um esplêndido roupão de pele de leopardo. A cabana era anexa a um pequeno espaço onde ela estava, com vários índios de compleição atarracada.

A moça encerrou sua canção e sentou-se próxima à janela onde estava Armstrong, sentindo-se gratificada pelo ar puro que entrava. Quando ela parou de cantar, vários índios que estavam assistindo levantaram-se e deixaram saquinhos de couro a seus pés. Um murmúrio áspero — sem dúvida uma forma bárbara de aplausos e comentários — correu pela intimidadora audiência.

Armstrong estava acostumado a aproveitar oportunidades assim que elas surgissem. Tirando vantagem do barulho na casa, ele chamou a mulher em voz baixa e clara: "Não vire a cabeça para cá, mas escute; eu sou americano, e se você precisa de assistência, diga-me o que fazer. Responda o mais brevemente que você puder."

"Estou prisioneira destes índios. Deus sabe que preciso de ajuda. Em duas horas, venha até a cabana a vinte metros em direção à montanha. Haverá uma luz e uma cortina vermelha na janela. Há sempre um guarda na porta, que você vai ter que enfrentar. Pelo amor dos céus, não falhe em vir."

O. HENRY
PAUSA PARA REFLEXÃO 125

Esta história parecia até agora desprovida de aventura, resgate e mistério. O tema é muito suave para aqueles tons audaciosos e rápidos. E ainda assim volta longe no tempo. Denominou-se "meio ambiente", que é um termo tão fraco quanto qualquer outro, para expressar a afinidade do ser humano com a natureza; aquela fraternidade esquisita que faz as pedras, as árvores, a água salgada, as nuvens mexerem com as nossas emoções. Por que nós ficamos sérios, solenes e sublimes diante das altitudes das montanhas; circunspectos e contemplativos diante da abundância de árvores de uma floresta; reduzidos à inconstância e às acrobacias de um macaco dentro das ondas do mar em uma praia arenosa? Em parte por causa do protoplasma. Os cientistas estão investigando a matéria e, num futuro não muito distante, eles terão toda a vida representada numa tabela de símbolos.

Rapidamente, então, com o intuito de confinar a história dentro de fronteiras científicas, John Armstrong foi à cabana, asfixiou o índio guardião e resgatou *mlle*. Giraud. Junto com ela, vieram várias onças de pó de ouro que ganhou durante os seis meses de sua estada forçada em Tacuzama.

Os índios carabobos são facilmente os maiores entusiastas de música entre a linha do Equador e a Casa de Ópera Francesa em Nova Orleans. Eles também acreditam piamente, sem o saber, nas palavras do filósofo Emerson[9] quando este disse: "A coisa mais desejada, ó homem descontente, leve-a e pague o preço". Alguns deles haviam estado na recente temporada de ópera em Macuto e consideraram satisfatória a técnica e o desempenho de *mlle*. Gi-

---

[9]Ralph Waldo Emerson (1803—1882): filósofo, ensaísta e poeta norte-americano. [N.T.]

UMA QUESTÃO DE ALTITUDE INADEQUADA

raud. Eles a queriam e, então, levaram-na uma noite, rapidamente e sem qualquer tumulto. Em Tacuzama, eles a trataram com muita consideração, exigindo apenas uma apresentação por noite. Ela estava muito satisfeita por ter sido resgatada pelo sr. Armstrong. Muito pelo mistério e aventura. Agora é hora de retomar a teoria do protoplasma.

John Armstrong e *mlle*. Giraud transitaram pelos picos andinos, envolvidos por sua grandiosidade e sublimidade. Os povos mais poderosos, mais afastados entre si, tornam-se, dentro da grande família da natureza, cientes de suas ligações. Entre aquelas enormes pilhas de rochas elevadas da crosta terrestre, no meio daquele gigantesco silêncio e paisagens a perder de vista, a mesquinhez do ser humano é precipitada assim como um químico separa um sedimento de outro. Eles se movimentavam com reverência, como em um templo. Suas almas estavam enaltecidas pelas imponentes altitudes. Eles viajavam por uma zona de majestade e paz.

Para Armstrong, a mulher era quase um objeto sagrado. Ainda banhada da dignidade branca e imóvel de seu martírio, o qual purificou sua beleza terrena e se extinguiu, parecia — em meio a uma aura de amabilidade transcendental, nestas primeiras horas de companhia — que ela extraiu dele uma adoração que era metade amor humano e metade adoração a uma deusa descida dos céus.

Nenhuma vez desde seu resgate ela havia sorrido. Sobre seu vestido, ainda usava o roupão de pele de leopardo, pois fazia frio nas montanhas. Ela parecia ser uma esplêndida princesa, originária daquelas altitudes selvagens e terríveis. O espírito da região harmonizava-se com o dela. Seus olhos estavam sempre voltados para os frios

O. HENRY

penhascos, os abismos azuis e os picos cobertos de neve, parecendo uma sublime melancolia igual à da paisagem. Algumas vezes durante a jornada, ela cantou arrepiantes te-déums[10] e *misereres*[11] cujas notas ecoavam nas paredes de pedra, e transformavam a jornada da descida numa solene procissão no corredor dentro de uma catedral. A resgatada falava pouco e seu estado de ânimo estava mais voltado ao silêncio da natureza à sua volta. Armstrong olhava para ela como se estivesse vendo um anjo. Com isso, ele não podia pensar em cometer o sacrilégio de cortejá-la como cortejaria outras mulheres.

No terceiro dia, eles já haviam descido até a *tierra templada*, região de planícies e sopé das colinas. As montanhas estavam ficando para trás, mas ainda exibiam seus impressionantes picos. Aqui eles já encontravam sinais de existência humana. Viam as casas brancas da plantação de café cintilar através das clareiras. Eles atingiram uma estrada onde encontravam viajantes com mulas de carga. Havia gado pastando nas colinas. Passaram por uma pequena aldeia onde as crianças, de olhos redondos, gritavam e chamavam a comitiva.

Mlle. Giraud colocou de lado o casaco de pele de leopardo, uma vez que usá-lo agora parecia um pouco incoerente. Nas montanhas, parecia sob medida e natural. E se Armstrong não estava enganado, junto com o casaco ela havia colocado de lado uma parte da alta dignidade de seu porte. À medida que o campo ficava mais populoso e com sinais de vida confortável, ele observava, com uma sensação de alegria, que a sublime princesa e sacerdotisa dos picos andinos estava se transformando numa mulher — uma mulher comum mas não menos atraente. Um pouco

---

[10]Antigo hino latino cantado em forma de salmo. [N.T.]
[11]Antigo salmo religioso musicado. [N.T.]

UMA QUESTÃO DE ALTITUDE INADEQUADA

de cor aflorou à sua face de mármore. Ela ajustou o vestido, que surgiu após a remoção do casaco, com o toque solícito de quem está consciente dos olhares alheios. Escovou o desalinhado cabelo. Um interesse mundano, por longo tempo latente na atmosfera gelada das montanhas, aparecia nos seus olhos.

O derretimento da sua divindade fez o coração de Armstrong bater mais rápido, da mesma forma que um explorador do Ártico arrepia-se ao ter a primeira percepção de um campo verde e águas em estado líquido. Eles agora estavam em um plano mais baixo da superfície terrestre e da vida, e estavam sucumbindo à sua influência sutil e peculiar. A austeridade das colinas não mais rarefazia o ar que eles respiravam. Em volta deles, respirava-se agora o aroma das frutas e do milho, das casas, o confortável cheiro da fumaça e da terra morna, e os prêmios de consolação que o ser humano colocou entre si e o pó da terra, da qual ele surgiu. Enquanto atravessava as terríveis montanhas, *mlle.* Giraud parecia ter sido envolvida no espírito de retiro reverencial. Seria ela aquela mesma mulher, agora palpitante, calorosa, ansiosa, vibrando com a consciência da vida e charme, feminina até a ponta dos dedos? Ponderando sobre tudo isso, Armstrong sentiu certos receios invadindo seus pensamentos. Ele preferia parar ali mesmo com aquela criatura em mutação. Aquele ponto geográfico tinha a altitude e o ambiente ideal no qual a natureza dela parecia responder da melhor forma possível. Ele temia descer mais, aos níveis de dominação do homem. Será que o espírito dela iria se rebaixar àquela região para a qual eles estavam descendo?

Agora, sobre um pequeno platô, eles viam o brilho do mar no contorno das terras verdes baixas. *Mlle.* Giraud soltou um suspiro baixo e cativante. "Olhe, sr. Armstrong, lá está o mar. Não é adorável? Estou tão cansada das montanhas." Ergueu um bonito ombro num gesto de repugnância. "Aqueles índios horríveis! Imagine o que eu sofri! Embora eu acredite que eu tenha atingido minha ambição de me tornar uma atração principal, não me importaria de repetir a temporada. Foi muita gentileza sua trazer-me de volta das montanhas. Diga-me, sr. Armstrong, honestamente, agora — estou com aspecto aterrorizante? Não me olho em um espelho há meses, o senhor sabe."

Armstrong deu a resposta de acordo com seu novo estado de espírito. Além disso, colocou sua mão sobre a mão dela, que segurava a sela da mula. Luís estava no comando na frente do comboio e não podia ver. Ela permitiu que a mão dele ficasse ali e seus olhos sorriram para os dele.

Então, no pôr-do-sol eles desmontaram das mulas ao nível do mar, debaixo de palmeiras e limões, dentre os vívidos tons de verde, escarlate, ocre da exuberante *tierra caliente*. Eles continuaram até Macuto e viram a fila de banhistas voláteis mergulhando nas ondas. As montanhas haviam ficado muito longe.

Os olhos de *mlle*. Giraud brilhavam com uma alegria que não poderia ter existido sob a proteção dos habitantes da cordilheira. Havia agora outros espíritos despertando sua atenção — ninfas dos laranjais, duendes das ondas barulhentas, diabinhos, nascimento da música, os perfumes, as cores e a insinuante presença da humanidade. Ela ria em voz alta, musicalmente, diante de tal pensamento repentino.

"Não seria uma sensação?", ela perguntou a Armstrong. "Adoraria ter uma entrevista coletiva agora. Que matéria os jornalistas teriam! 'Mantida prisioneira por um bando de índios selvagens dominados pela pronúncia de sua

UMA QUESTÃO DE ALTITUDE INADEQUADA

maravilhosa voz' não faria uma ótima reportagem? Mas acho que, de alguma forma, pedi demissão do jogo. Deve haver no saco uns dois mil dólares de pó de ouro que ganhei nos bises, você não acha?"

Ele a deixou na porta do pequeno hotel de *Bien Descansar*, onde ela havia se hospedado anteriormente. Duas horas mais tarde, ele retornou ao local. Olhou para dentro pela porta da pequena sala de recepção e café.

Meia dúzia de cavalheiros, representantes oficiais e sociais de Macuto, estavam distribuídos pela sala. O senhor Villablanca, rico produtor de borracha, repousava sua obesa figura em duas cadeiras, com um sorriso amolecido em seu rosto de cor de chocolate. Guilbert, o engenheiro de minas francês, olhava de soslaio através de seus óculos polidos sobre o nariz. Coronel Mendez, do exército, em uniforme com galões dourados e sorriso presunçoso, estava ocupado extraindo rolhas de garrafas de champanhe. Outros exemplares da galantaria e da moda de Macuto posavam arrogantemente. O ar estava carregado de fumaça de cigarro. Havia vinho caído no chão.

Empoleirada em uma mesa no centro da sala, numa atitude de fácil superioridade, estava *mlle*. Giraud. Um elegante vestido de linho branco, com fitas de cor cereja, substituiu seu traje de viagem. Havia um detalhe de laço e um ou dois babados, com um discreto e pequeno par de meias cor-de-rosa, bordado à mão. Sobre seu colo, um violão. Em seu rosto brilhava a luz da ressurreição, a paz de Elísio[12] atingida através de fogo e sofrimento. Ela estava cantando, para um acompanhamento ao vivo, uma canção:

---

[12]Local de felicidade ideal na Mitologia grega. [N.T.]

O. HENRY

Quando você vir a lua redonda e grande
Se aproximando como um balão,
Este negro escapará para beijar os lábios
De sua fêmea de cara negra e charmosa.

Aí a cantora avistou Armstrong.

"Ei, Johnny," ela chamou, "estou esperando você há uma hora. O que aconteceu? Ora, esses caras esfumaçados são os mais lentos que você já viu. Eles não estão ligados, é isso. Entre, e eu farei este velho cor de café e este de uniforme com dragonas douradas abrir uma garrafa para você, diretamente do gelo."

"Obrigado," respondeu Armstrong, "agora não. Tenho várias coisas para fazer."

Saiu do hotel, desceu a rua, e encontrou Rucker vindo do consulado.

"Vamos jogar uma partida de snooker," disse Armstrong, "já que não deu para ficar em definitivo no platô da descida da montanha, quero algo para tirar da minha boca o péssimo gosto de nível do mar."

COLEÇÃO DE BOLSO HEDRA

1. *Iracema*, Alencar
2. *Don Juan*, Molière
3. *Contos indianos*, Mallarmé
4. *Auto da barca do Inferno*, Gil Vicente
5. *Poemas completos de Alberto Caeiro*, Pessoa
6. *Triunfos*, Petrarca
7. *A cidade e as serras*, Eça
8. *O retrato de Dorian Gray*, Wilde
9. *A história trágica do Doutor Fausto*, Marlowe
10. *Os sofrimentos do jovem Werther*, Goethe
11. *Dos novos sistemas na arte*, Maliévitch
12. *Mensagem*, Pessoa
13. *Metamorfoses*, Ovídio
14. *Micromegas e outros contos*, Voltaire
15. *O sobrinho de Rameau*, Diderot
16. *Carta sobre a tolerância*, Locke
17. *Discursos ímpios*, Sade
18. *O príncipe*, Maquiavel
19. *Dao De Jing*, Laozi
20. *O fim do ciúme e outros contos*, Proust
21. *Pequenos poemas em prosa*, Baudelaire
22. *Fé e saber*, Hegel
23. *Joana d'Arc*, Michelet
24. *Livro dos mandamentos: 248 preceitos positivos*, Maimônides
25. *O indivíduo, a sociedade e o Estado, e outros ensaios*, Emma Goldman
26. *Eu acuso!*, Zola | *O processo do capitão Dreyfus*, Rui Barbosa
27. *Apologia de Galileu*, Campanella
28. *Sobre verdade e mentira*, Nietzsche
29. *O princípio anarquista e outros ensaios*, Kropotkin
30. *Os sovietes traídos pelos bolcheviques*, Rocker
31. *Poemas*, Byron
32. *Sonetos*, Shakespeare
33. *A vida é sonho*, Calderón
34. *Escritos revolucionários*, Malatesta
35. *Sagas*, Strindberg
36. *O mundo ou tratado da luz*, Descartes
37. *O Ateneu*, Raul Pompeia
38. *Fábula de Polifemo e Galateia e outros poemas*, Góngora
39. *A vênus das peles*, Sacher-Masoch
40. *Escritos sobre arte*, Baudelaire
41. *Cântico dos cânticos*, [Salomão]
42. *Americanismo e fordismo*, Gramsci
43. *O princípio do Estado e outros ensaios*, Bakunin
44. *O gato preto e outros contos*, Poe
45. *História da província Santa Cruz*, Gandavo
46. *Balada dos enforcados e outros poemas*, Villon
47. *Sátiras, fábulas, aforismos e profecias*, Da Vinci
48. *O cego e outros contos*, D.H. Lawrence

49. *Rashômon e outros contos*, Akutagawa
50. *História da anarquia (vol. 1)*, Max Nettlau
51. *Imitação de Cristo*, Tomás de Kempis
52. *O casamento do Céu e do Inferno*, Blake
53. *Cartas a favor da escravidão*, Alencar
54. *Utopia Brasil*, Darcy Ribeiro
55. *Flossie, a Vênus de quinze anos*, [Swinburne]
56. *Teleny, ou o reverso da medalha*, [Wilde et al.]
57. *A filosofia na era trágica dos gregos*, Nietzsche
58. *No coração das trevas*, Conrad
59. *Viagem sentimental*, Sterne
60. *Arcana Cœlestia e Apocalipsis revelata*, Swedenborg
61. *Saga dos Volsungos*, Anônimo do séc. XIII
62. *Um anarquista e outros contos*, Conrad
63. *A monadologia e outros textos*, Leibniz
64. *Cultura estética e liberdade*, Schiller
65. *A pele do lobo e outras peças*, Artur Azevedo
66. *Poesia basca: das origens à Guerra Civil*
67. *Poesia catalã: das origens à Guerra Civil*
68. *Poesia espanhola: das origens à Guerra Civil*
69. *Poesia galega: das origens à Guerra Civil*
70. *O chamado de Cthulhu e outros contos*, H.P. Lovecraft
71. *O pequeno Zacarias, chamado Cinábrio*, E.T.A. Hoffmann
72. *Tratados da terra e gente do Brasil*, Fernão Cardim
73. *Entre camponeses*, Malatesta
74. *O Rabi de Bacherach*, Heine
75. *Bom Crioulo*, Adolfo Caminha
76. *Um gato indiscreto e outros contos*, Saki
77. *Viagem em volta do meu quarto*, Xavier de Maistre
78. *Hawthorne e seus musgos*, Melville
79. *A metamorfose*, Kafka
80. *Ode ao Vento Oeste e outros poemas*, Shelley
81. *Oração aos moços*, Rui Barbosa
82. *Feitiço de amor e outros contos*, Ludwig Tieck
83. *O corno de si próprio e outros contos*, Sade
84. *Investigação sobre o entendimento humano*, Hume
85. *Sobre os sonhos e outros diálogos*, Borges | Osvaldo Ferrari
86. *Sobre a filosofia e outros diálogos*, Borges | Osvaldo Ferrari
87. *Sobre a amizade e outros diálogos*, Borges | Osvaldo Ferrari
88. *A voz dos botequins e outros poemas*, Verlaine
89. *Gente de Hemsö*, Strindberg
90. *Senhorita Júlia e outras peças*, Strindberg
91. *Correspondência*, Goethe | Schiller
92. *Índice das coisas mais notáveis*, Vieira
93. *Tratado descritivo do Brasil em 1587*, Gabriel Soares de Sousa
94. *Poemas da cabana montanhesa*, Saigyō
95. *Autobiografia de uma pulga*, [Stanislas de Rhodes]
96. *A volta do parafuso*, Henry James
97. *Ode sobre a melancolia e outros poemas*, Keats
98. *Teatro de êxtase*, Pessoa
99. *Carmilla — A vampira de Karnstein*, Sheridan Le Fanu

100. *Pensamento político de Maquiavel*, Fichte
101. *Inferno*, Strindberg
102. *Contos clássicos de vampiro*, Byron, Stoker e outros
103. *O primeiro Hamlet*, Shakespeare
104. *Noites egípcias e outros contos*, Púchkin
105. *A carteira de meu tio*, Macedo
106. *O desertor*, Silva Alvarenga
107. *Jerusalém*, Blake
108. *As bacantes*, Eurípides
109. *Emília Galotti*, Lessing
110. *Contos húngaros*, Kosztolányi, Karinthy, Csáth e Krúdy
111. *A sombra de Innsmouth*, H.P. Lovecraft
112. *Viagem aos Estados Unidos*, Tocqueville
113. *Émile e Sophie ou os solitários*, Rousseau
114. *Manifesto comunista*, Marx e Engels
115. *A fábrica de robôs*, Karel Tchápek
116. *Sobre a filosofia e seu método — Parerga e paralipomena (v. ii, t. i)*, Schopenhauer
117. *O novo Epicuro: as delícias do sexo*, Edward Sellon
118. *Revolução e liberdade: cartas de 1845 a 1875*, Bakunin
119. *Sobre a liberdade*, Mill
120. *A velha Izerguil e outros contos*, Górki
121. *Pequeno-burgueses*, Górki
122. *Um sussurro nas trevas*, H.P. Lovecraft
123. *Primeiro livro dos Amores*, Ovídio
124. *Educação e sociologia*, Durkheim
125. *Elixir do pajé — poemas de humor, sátira e escatologia*, Bernardo Guimarães
126. *A nostálgica e outros contos*, Papadiamántis
127. *Lisístrata*, Aristófanes
128. *A cruzada das crianças/ Vidas imaginárias*, Marcel Schwob
129. *O livro de Monelle*, Marcel Schwob
130. *A última folha e outros contos*, O. Henry